Direction : Catherine Saunier-Talec
Responsable éditoriale : Anne Le Meur
Responsable de projet : Caroline Terral avec l'aide de Joséphine Gay

Responsable artistique : Antoine Béon
Conception et couverture : Nicole Dassonville
Réalisation et adaptation : Florence Cailly

Fabrication : Amélie Latsch
Responsable partenariats : Sophie Morier (smorier@hachette-livre.fr)
Responsable de la communication : Johanna Rodrigue (jrodrigue@hachette-livre.fr)

SHIRLEY – THECOCODOLLZZ

Beauté black

Photographies : Emanuela Cino
Dessins : Stéphanie Rousseau

hachette
BIEN-ÊTRE

SOMMAIRE

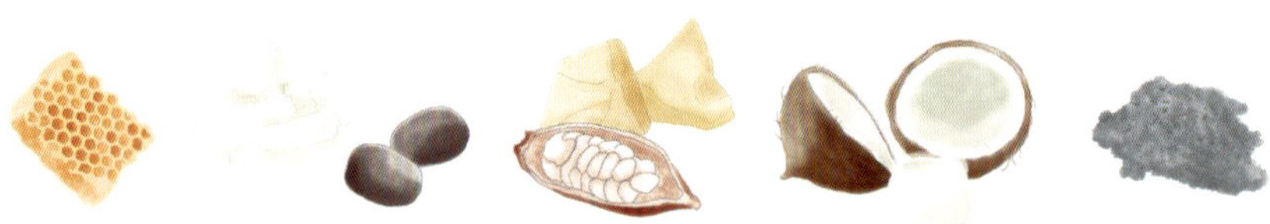

Introduction

Lorsqu'on tape « culture africaine » sur Internet, nous nous retrouvons devant de superbes images multicolores de danses, de mets exotiques, d'objets artisanaux, beaucoup de sourires et des vêtements que seuls les hommes et femmes de ce continent peuvent arborer aussi joliment. Ces images me rappellent mon pays d'origine, le Ghana, ainsi que ma famille et les personnes que j'ai pu y rencontrer. Beaucoup d'aspects de cette culture, notamment au niveau des codes de la politesse et des valeurs, se sont greffés à mon mode de vie, pourtant très européanisé. Passionnée par la beauté, c'est tout naturellement que je me suis penchée sur la femme, que nous retrouvons majoritairement dans l'iconographie de cette culture. En effet, la femme noire est pour moi une femme qui s'aime et qui prend soin d'elle, en suivant méticuleusement des routines qui lui sont propres. Ce sont par ailleurs des règles que ma mère m'a apprises, car elle-même et ses sœurs ont reçu ces principes de ma grand-mère.

Ces routines, qui reposent principalement sur des gestes et des produits naturels, sont ancrées dans notre culture et transmises de génération en génération. Mais, au fil du temps, elles évoluent en fonction des progrès, du climat, du style ou du rythme de vie... Elles n'ont pas pour autant perdu leurs fonctions initiales, la préservation du capital beauté.

Il est possible de créer soi-même ses propres produits de beauté en utilisant des ingrédients naturels. Nous trouvons également de plus en plus de soins et de cosmétiques adaptés aux peaux foncées contenant des substances utilisées par nos ancêtres, qui en faisaient usage pour sublimer leur peau et leur chevelure.

Par ce livre, j'aimerais vous transmettre une prise de conscience des spécificités de notre peau et de nos cheveux, afin de vous aider à mieux comprendre le type de soins dont nous avons besoin. Ensuite, avec un peu de technique, nous allons pouvoir laisser libre cours à notre imagination pour nous sublimer. DIY et tutos de maquillage et de coiffure sont bien entendu au rendez-vous.

Ce livre s'adresse à toutes les femmes, qu'elles soient noires, blanches, jaunes ou bleues. Il n'y a rien de plus beau, à mes yeux, que de penser que mes conseils et recettes peuvent être adoptés par toutes les femmes, quelles que soient leurs origines. J'espère que vous apprendrez des choses utiles avec ce livre et, surtout, que vous prendrez autant de plaisir à le lire que j'en ai eu à l'écrire.

Bonne lecture !

Shirley

thecocodollzz.com

Les soins

Contrairement à ce que l'on peut croire, la structure de la peau varie peu entre les différentes ethnies. Il est simplement important de connaître nos quelques particularités. En ce qui concerne la peau foncée, tout est une question de climat. J'ai appris dès mon jeune âge à prendre soin de ma peau chaque jour. Dans un environnement sec et froid, celle-ci manque généralement d'hydratation.

C'est donc le premier chantier auquel il faut s'attaquer. Les peaux foncées ne sont par nature pas adaptées au climat sec et froid d'Europe. Elles se portent bien mieux dans un climat chaud et tropical comme en Afrique ou aux Antilles, car elles retiennent mieux l'humidité présente dans l'air. Voilà qui permet aussi d'éliminer les fausses idées selon lesquelles les peaux foncées sont naturellement sèches.

Mais l'hydratation ne suffit pas. Il nous faut nous préserver en luttant contre les agressions extérieures telles que le soleil. Là encore, les peaux foncées sont réputées être épaisses et résistantes, ce qui n'est malheureusement pas tout à fait le cas. Les peaux foncées ne

subissent pas les brûlures du soleil de la même manière que les peaux claires, car elles contiennent davantage de mélanine, ce qui nous procure non seulement cette belle couleur ébène, mais qui nous permet également de mieux résister au soleil. Toutefois, lors d'une exposition trop importante au soleil ou à une certaine température, celle-ci peut tout autant brûler et ce avec des conséquences parfois plus importantes.

Passons à la cicatrisation de la peau. Le processus est suivi dans la majorité des cas d'une surproduction de mélanine. Vous voyez, ces quelques taches plus foncées sur les jambes que nous tenons toutes des quelques chutes de notre enfance ? Mais c'est également le cas lorsque nous avons des boutons sur le visage, ou pour les personnes souffrant d'eczéma ou d'acné... Il est donc important d'aider notre peau à cicatriser et d'avoir parfois recours à des techniques d'éclaircissement afin de retrouver une belle peau uniforme et douce.

Douce ! J'arrive à mon dernier objectif soin. Entretenir sa beauté, c'est aussi préserver sa peau de bébé. Ma grand-mère, ma mère et mes tantes m'ont transmis la même lubie : exfolier. En effet, frotter son corps régulièrement, soit avec un outil exfoliant tel que le filet de douche africain, soit avec des produits que l'on peut facilement acheter ou confectionner, afin d'éliminer les cellules mortes et favoriser la régénération de la peau.

Hydratation, protection, exfoliation : voilà nos piliers soin. Et sans en avoir conscience, nous effectuons déjà la majorité de ces gestes depuis notre plus jeune âge, car nous avons vu nos aînées suivre ces rituels beauté que nous nous sommes appropriés en les faisant évoluer. Un simple exemple est le fait d'appliquer de la crème après s'être lavé. C'est une pratique qui n'est pas toujours répandue dans toutes les cultures mais, pour ma part, je ne saute jamais cette étape et mes frères non plus. Ces routines sont un héritage de la culture africaine. Elles tiennent compte de nos caractéristiques. C'est la raison pour laquelle cette partie de l'ouvrage est la plus importante d'après moi, car c'est la base de toute beauté black.

Dans les pages qui suivent, vous allez découvrir mes meilleurs DIY pour entretenir la peau et les cheveux. Au préalable, j'ai listé les produits naturels incontournables aux vertus avérées et qui apparaissent de manière récurrente dans ce livre.

PRODUIT	PROVENANCE	VERTUS
L'huile de coco 	L'huile de coco est fabriquée à partir de la coprah, la partie blanche (albumen) de la noix de coco. C'est une huile comestible. Sous une température inférieure à 20° C, elle se solidifie.	L'huile de coco est très nourrissante par sa contenance en acide phénolique et en acides gras. C'est également un très bon antioxydant.
L'avocat 	Fruit de l'avocatier, l'avocat provient principalement d'Amérique du Sud (Mexique) mais il se trouve également en Afrique du Sud.	Vitamines (B, C, E, K...), sels minéraux (cuivre, fer, magnésium, phosphore et potassium), oligo-éléments (manganèse et zinc)... L'avocat active la production de collagène, qui répare les tissus de l'organisme. C'est aussi un puissant antioxydant qui protège et qui favorise la régénération cellulaire.
L'huile d'argan 	Cette huile provient de l'arganier qu'on retrouve en Algérie et au Maroc. Cette dernière est à la fois utilisée pour la cosmétique mais aussi pour l'alimentation. L'huile alimentaire est de couleur miel foncé alors que l'huile cosmétique est plus claire, d'une couleur dorée.	L'huile d'argan cosmétique contient des acides gras essentiels, de la vitamine E et de l'oméga-6 qui lui confèrent des propriétés hydratantes et très nourrissantes.
L'aloe vera 	Cette plante originaire de l'Afrique du Nord est souvent appelée « Lys du désert ». En arabe « Alloeh » signifie également « substance amère et brillante ».	Les principes actifs de la sève d'aloe vera ont des effets reconnus dans la lutte contre le vieillissement de la peau, la production de collagène, la cicatrisation et le traitement de brûlures cutanées.
Le henné 	Provenant d'un arbuste dont les feuilles produisent des teintes rouge vermillon, le henné pousse dans les régions tropicales et subtropicales d'Afrique et d'Asie du Sud.	Cette poudre n'est pas uniquement utilisée pour la réalisation de tatouages éphémères, mais aussi utilisée pour des soins capillaires.
Le citron 	Cet agrume, fruit du citronnier, est souvent cultivé dans les régions méditerranéennes ou tropicales. Plusieurs variétés existent, mais toutes gardent des particularités et vertus similaires.	Cet agrume riche en vitamine C présente des propriétés pharmaceutiques antiseptiques, antibiotiques et antirides, sans parler de ses vertus d'antioxydant. Il est utilisé pour « détoxiquer » et pour retrouver de l'éclat sur les zones utilisées.
Le beurre de cacao 	Extrait de la fève de cacao que l'on peut trouver en Afrique de l'Ouest ou dans les régions tropicales sud-américaines ainsi que les îles atlantique, la graine de cacao peut être transformée en huile ou en beurre solide.	Riche en antioxydant, en vitamines A, B, C et E, en potassium et en minéraux tels que le fer, le calcium, le cuivre et le magnésium, le cacao permet de stimuler la synthèse collagène et redonne de l'élasticité à la peau tout en l'hydratant.
L'huile de palme 	Aussi appelée « élixir de beauté » en Côte d'Ivoire, l'huile de palme est extraite de la noix de palmier. À ne pas confondre avec l'huile de palmiste qui est extraite des palmiers mêmes. La bonne huile de palme est extraite à partir de la pulpe du fruit. Les propriétés restent tout de même très similaires.	Riche en caroténoide et en vitamine E, ses propriétés sont avant tout antioxydantes. Au niveau cutané, la vitamine A également présente apporte de l'hydratation et active la production de mélanine.

UTILISATIONS

CORPS	VISAGE	CHEVEUX
On l'utilise sur des parties très sèches telles que les genoux, les coudes ou les articulations. Mais cette huile sert également à prévenir les vergetures.	Cette huile ne sert pas uniquement à hydrater le visage. De par sa consistance légère, vous pouvez aussi l'utiliser pour vous démaquiller le visage.	Présente dans plusieurs produits capillaires, l'huile de coco permet aux cheveux de retrouver éclat et hydratatation en profondeur, car elle pénètre jusqu'au cœur de la fibre capillaire.
Sur le corps, l'avocat est utilisé pour assouplir, protéger et régénérer la peau.	Adapté pour tous les types de peaux, l'avocat est utilisé pour les mêmes raisons que pour le corps.	L'avocat est réputé pour redonner de la brillance aux cheveux ternes tout en les hydratant.
Sur le corps, cette huile intervient sur la régénération des cellules et est donc très utile pour retarder le vieillissement de la peau en stimulant l'oxygénation des cellules.	Sur le visage, vous pouvez aussi utiliser l'huile d'argan pour traiter votre acné, les irritations ou adoucir la peau.	Vous pouvez utiliser cette huile pour un soin quotidien pour protéger vos cheveux et leur apporter de la brillance, ou l'utiliser comme un masque pour réparer vos cheveux fragilisés.
L'aloe vera est utilisé pour réparer la peau suite à des agressions comme des coupures, des brûlures ou des irritations. Elle aide dans un premier temps à apaiser la peau et dans un deuxième temps à favoriser la cicatrisation pour retrouver une peau parfaite, grâce à ses propriétés astringentes et purifiantes.	Très utilisé pour traiter l'acné ou les boutons, l'aloe vera sert surtout à lutter contre des irrégularités occasionnelles et ciblées sur le visage.	Utilisé sur le cuir chevelu par massages, l'aloe vera permet à la fois de prévenir la chute de cheveux et d'en stimuler la pousse. Son pH neutre permet de lutter contre les pellicules. Utilisé comme gel, l'aloe vera permet aussi de réaliser des coiffures (notamment pour plaquer les cheveux).
		Sur les cheveux, le henné peut être principalement utilisé pour la coloration naturelle temporaire (environ 5 semaines). Appliqué en masque, il permet également de lutter contre les pellicules, d'équilibrer le cuir chevelu et de gainer les cheveux pour les renforcer et les protéger.
Ingurgité, le citron aide à la circulation sanguine et est un puissant anti-inflammatoire. En nettoyant le sang, il favorise l'aspect général de la peau et l'éclaircit naturellement. Enfin, les vitamines contenues dans le citron aident à renforcer les ongles tout en leur redonnant de l'éclat.	Grâce à son fort pouvoir astringent et antibactérien, il permet de lutter contre l'acné et la peau grasse en éliminant les comédons et les points noirs. Le citron contribue également à lutter contre les rides, à tonifier et à purifier la peau du visage. Enfin, quelques gouttes de citron dans vos masques rendront votre teint lumineux.	Appliqué sur le cuir chevelu, le citron permet de stimuler les follicules pileux et donc la pousse de vos cheveux.
Sur le corps, le cacao permet d'hydrater et de préserver l'élasticité de la peau. Il est notamment utilisé contre les vergetures.	Utilisé comme beurre, il permet de ralentir le vieillissement de la peau, mais il est essentiellement utilisé pour hydrater les peaux sèches/déshydratées et même sur les lèvres en baume.	Tout ce qui est hydratant est bon pour les cheveux. Le cacao est donc également utilisé pour les cheveux secs et abîmés.
Elle protège la peau des rayons UV et permet d'adoucir la peau. Dans certaines cultures africaines, cette huile est aussi utilisée sur les jambes pour se protéger des herbes hautes et donc des coupures. Technique à retenir pour les randonnées d'été !		

PRODUIT	PROVENANCE	VERTUS
Le beurre de karité 	Originaire d'Afrique, il s'étend du Mali au Soudan au nord et du Togo à l'Ouganda du sud, zone qui est aussi appelée « la ceinture du karité ». Il est issu des noix de l'arbre de karité, souvent appelé « arbre sacré de la savane ».	Riche en acides gras insaturés et en vitamines (A et E), ses vertus sont essentiellement anti-inflammatoires. Sa riche composante en tocophérols lui permet d'être aussi un parfait anti-oxydant. Enfin, les phytostérols (karistérols) contenus dans ce beurre favorise le maintien de la membrane cellulaire et protège des rayons UV.
L'huile de ricin 	Cette huile végétale provient de la graine de ricin, de la plante du même nom. Beaucoup de femmes noires utilisent l'huile de ricin noire (Black Castor Oil ou Huile de carapate) que l'on peut trouver en Jamaïque ou aux Antilles. La composition et ses vertus sont semblables, seul le procédé de fabrication diffère.	C'est une huile qui agit en profondeur pour renforcer et revitaliser le corps. En cosmétique, elle est utilisée pour ses propriétés nourrissantes (cheveux, cils, sourcils, ongles, peau). Elle est également utilisée en cataplasme pour soulager de nombreux maux.
Le kaolin 	C'est le nom donné à l'argile blanche que l'on retrouve beaucoup en Afrique de l'Ouest.	C'est une des argiles les plus douces pour la peau. Riche en sels minéraux, le kaolin est utilisé pour ses vertus décongestionnantes, cicatrisantes et apaisantes.
Le savon noir africain 	Issu de l'Afrique de l'Ouest, le savon noir est un mélange de beurre de karité, beurre de cacao, d'huile de palme, d'écorce séchée et de cendres de feuilles du bananier.	C'est un très bon nettoyant qui respecte les caractéristiques de notre peau, tout en étant très doux, surtout pour les peaux sensibles.
L'hibiscus 	Répandue en Asie tropicale, en Amérique latine et en Afrique de l'Ouest, la fleur d'hibiscus, aussi appelée « Bissap » ou « Oseille de Guinnée » est plus connue pour son fruit, le Gombo, légume très présent dans la gastronomie africaine.	Très bon antioxydant, riche en vitamine C, la fleur d'hibiscus utilisée en poudre hydrate, stimule et régénère la peau et les cheveux. Il a aussi un pouvoir colorant souvent utilisé dans le maquillage, mais peut également servir pour les cheveux.
Le curcuma 	Cousin du gingembre, le curcuma est surtout connu dans la cuisine et utilisé en tant qu'épice.	Puissant colorant, le curcuma est aussi utilisé pour ses vertus réparatrices. Ses petites graines fines sont un excellent exfoliant.
L'huile de baobab 	L'huile de baobab est obtenue par pressage des graines du fameux arbre africain. Dans certaines cultures, il est considéré comme sacré et il est interdit de le couper.	Riche en acides gras, l'huile de baobab est antioxydante, nourrissante et régénératrice. Elle présente notamment des vitamines A, D et E, des protéines, du fer, du magnésium, du zinc... L'utilisation de cette huile seule permet de répondre à la majorité des besoins de notre peau et de nos cheveux.
L'huile d'olive 	Cette matière grasse extraite du fruit de l'olivier peut être retrouvée dans plusieurs pays, notamment en Afrique du Nord. Ses multiples propriétés sont très bénéfiques pour le corps.	Avec ses propriétés anti-inflammatoires, l'huile d'olive permet d'hydrater votre corps et vos cheveux de manière profonde et durable. Elle retarde le vieillissement prématuré de la peau.
Le miel 	Véritable jus d'or, le miel est produit par les abeilles à partir des nectars de différentes fleurs.	Le miel peut être considéré comme du sucre naturel et liquide composé de 80 % de glucose. Mais c'est également un très bon antioxydant, antibactérien et hydratant, non seulement utilisé en cuisine mais aussi en soin de beauté.

UTILISATIONS

CORPS	VISAGE	CHEVEUX
Le beurre de karité protège contre le soleil et la déshydratation. Il répare la peau lorsqu'elle est fragilisée et favorise la cicatrisation et l'apaisement de zones irritées. Il permet d'effacer les vergetures tout en aidant à maintenir l'élasticité de la peau. Appliqué en massage après une activité sportive, il soulage vos muscles.	Surtout en hiver, le beurre de karité est un parfait hydratant pour protéger et nourrir la peau du visage. Beaucoup de femmes l'utilisent également pour prévenir les rides et pour les lèvres. Ce beurre peut être aussi appliqué comme gloss car il apporte un bel effet brillant naturel sur la bouche.	Le beurre de karité est utilisé sur les cheveux pour les lustrer, réparer les cheveux cassants, secs et abîmés. Il est possible de l'utiliser directement sur le cheveu ou en masque tout au long de l'année. Il agit l'hiver comme un bouclier contre le froid.
Sur le corps, cette huile est essentiellement utilisée pour hydrater les peaux très sèches. Elle sert également à traiter les irritations, les vergetures et les cicatrices.	Grâce aux acides gras, vous pouvez utiliser cette huile sur vos sourcils et/ou cils pour renforcer la densité des poils et la pousse.	Cette huile est bénéfique, du cuir chevelu à la pointe du cheveu. Elle désobstrue le bulbe pileux et active la circulation sanguine pour stimuler la pousse, en particulier celles des tempes / front (« baby hair ») ou parties clairsemées. Appliquée sur les longueurs et les pointes, elle renforce, hydrate, tout en apportant une brillance naturelle.
Utilisé sur le corps, c'est un parfait exfoliant pour favoriser la régénération de la peau.	Sur le visage il permet d'absorber l'excès de sébum, sans pour autant dessécher la peau.	Il est également possible de l'utiliser comme masque afin de revitaliser les cheveux secs.
Il n'y a pas de meilleur nettoyant pour votre corps. Beaucoup de femmes l'utilisent pour leur nouveau-né. Il peut être utilisé à tout âge et laisse la peau douce, lisse et hydratée. Appliquez immédiatement un hydratant type crème pour conserver les bienfaits du savon. Très moussant, il peut être utilisé comme mousse à raser.	Ce savon est très utile pour le traitement des boutons, notamment d'acné et les imperfections du visage. Il régule le grain de peau et le lisse, ce qui donne de l'éclat et un visage unifié.	Dilué, il est possible d'utiliser ce savon pour laver ses cheveux, les fortifier et prendre soin du cuir chevelu, ce qui favorise une meilleure pousse des cheveux.
Les acides de fruits contenus dans cette plante stimulent le collagène et aident la peau à rester plus ferme. Bue en infusion, la fleur d'hibiscus favorise aussi la circulation sanguine et donne bonne mine.	Il est possible d'utiliser la poudre d'hibiscus dans ses soins quotidiens, notamment dans la crème de jour pour avoir un teint rayonnant.	Utilisée en masque, la fleur d'hibiscus favorise la pousse des cheveux et renforce la fibre capillaire pour lutter contre la casse et la chute. Elle permet également d'épaissir les cheveux, de leur apporter brillance et de lutter contre les pellicules.
Mélangé à de l'huile d'amande douce, il est un très bon hydratant réparateur et adoucissant avec des propriétés anti-inflammatoires et cicatrisantes.	Utilisé en masque, le curcuma en poudre aide à lutter contre les imperfections du visage, type cicatrices d'acné ou tâches. De plus, il aide à lutter contre la sécrétion de sébum.	
Pour les peaux sèches, cette huile nourrit en profondeur, tout en améliorant l'élasticité et en adoucissant l'épiderme.		Légère, cette huile permet de prendre soin des longueurs et des pointes de nos cheveux, notamment en bain d'huile. Elle peut également être utilisée comme scellant pour votre hydratation quotidienne.
Sur le corps, cette huile va apporter une hydratation avec toutes les vertus qu'elle contient déjà. Après une exposition au soleil, elle peut se révéler très utile.		Au-delà de ses propriétés hydratantes, l'huile d'olive permet d'aider à lutter contre les frisottis et à avoir des cheveux lisses et brillants.
Le miel permet de guérir des plaies ou inflammations de la peau.	Le miel est très efficace pour traiter les boutons et apporter un surplus d'hydratation et d'élasticité à votre peau. Utilisé sur les lèvres à partir d'un mélange avec l'huile d'olive, il hydrate en profondeur vos lèvres notamment en hiver.	Très bon humectant, le miel va aider vos cheveux à rester hydratés, tout en agissant comme un bouclier sur la fibre capillaire contre les agressions environnementales.

LE SOIN DU CORPS

J'ai toujours été en admiration devant la quasi-perfection de la peau des femmes de couleur.

La couche superficielle de notre peau n'est pas plus épaisse qu'une peau plus claire, elle est simplement plus dense. C'est notre derme, la couche moyenne de notre peau, qui est quant à lui plus épais, ce qui apporte une certaine élasticité et résistance. Les cellules pigmentaires, la mélanine, sont aussi plus nombreuses que chez une personne plus claire, ce qui nous apporte cette belle couleur. Elle l'aide à être plus résistante, notamment aux rayons UV, qui passent environ 5 fois moins à travers une peau noire que pour une peau claire. Bonne nouvelle ! Nous sommes donc moins sujettes au cancer de la peau et pouvons conserver une meilleure élasticité et donc bénéficier d'un vieillissement plus lent de notre peau. Néanmoins, cela ne nous dispense pas d'une protection des rayons UV, pour éviter tout risque de brûlures.

Notre peau a tendance à être plus sèche dans les régions tempérées puisque l'air y est plus sec et que notre épiderme retient moins l'hydratation. Il faut donc apporter une source d'hydratation à notre corps, en buvant beaucoup d'eau et en appliquant des crèmes.

Enfin, la peau noire se caractérise par une hyperactivité qui entraîne deux phénomènes : une cicatrisation souvent plus lente à la moindre irritation, plaie ou brûlure, mais aussi un épaississement plus rapide de la peau. Il est donc important de bien veiller au processus de cicatrisation. Voilà selon moi les caractéristiques principales des peaux noires et que je garde toujours en tête pour le soin de mon corps.

Les DIY qui suivent ont été sélectionnés avec la même attention et contiennent des produits naturels d'Afrique efficaces lorsque vous les utilisez de manière régulière.

Utilisation : corps / visage / cheveux

Difficulté : / /

Fréquence : 1 à 2 fois par jour

Préparation : 20 minutes * **Conservation :** Conservez votre chantilly à l'abri du soleil jusqu'à 6 mois.

Chantilly de karité

Le beurre de karité est souvent difficile à utiliser car il est compact et ressemble à une pâte cireuse. Afin de faciliter son utilisation au quotidien comme baume hydratant, il est pratique de réaliser une chantilly de karité. Vous pourrez ainsi créer une crème onctueuse avec tous vos ingrédients nourrissants préférés, pour chouchouter votre peau.

MATÉRIEL NÉCESSAIRE :

- Une cuil. en bois
- Un batteur électrique (à défaut : un fouet ou une fourchette)
- Un petit récipient refermable d'une contenance de environ 120 ml

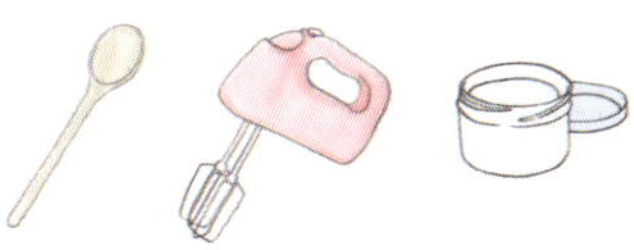

INGRÉDIENTS :

- 100 g de beurre de karité brut
- 50 g d'huile de coco
- 10 g de beurre de cacao

1. Ajoutez le beurre de karité et le beurre de cacao dans un bol et mélangez la matière à l'aide d'une cuillère en bois afin d'obtenir une consistance homogène.

2. Avec un batteur ou un fouet, mixez le contenu de votre bol avec l'huile de coco jusqu'à obtenir une consistance fouettée et onctueuse.

3. À ce stade de la préparation, vous pouvez ajouter tous les ingrédients bénéfiques pour votre corps : gel d'aloe vera, huile de carapate, huile essentielle de thé vert, huile de macadamia...

4. Versez la chantilly obtenue dans un récipient et utilisez-la quotidiennement pour hydrater votre corps. Vous pouvez utiliser cette chantilly directement sur toutes les zones sans rinçage. Sur les cheveux, vous pouvez également l'utiliser en combinaison avec d'autres huiles, pour un bain d'huiles, avec un temps de pose de minimum 30 minutes.

Utilisation : mains / genoux / coudes / pieds

Difficulté :

Fréquence : occasionnellement

Préparation : 60 minutes * **Conservation :** Vous pouvez emporter votre crème partout avec vous et la conserver pendant au moins un an.

Crème pour mains à l'huile de coco

On m'a toujours dit que saluer une personne en ayant les mains gercées était le signe d'un certain manque d'hygiène de soi. Depuis, je ne sors jamais sans mon tube de crème pour les mains. J'adore la réaliser moi-même avec mon huile favorite : l'huile de coco. Elle procure une hydratation maximale (surtout en hiver) et une odeur exquise !

MATÉRIEL NÉCESSAIRE :

- *Une petite casserole et un bol en verre pouvant s'encastrer afin de réaliser un bain-marie.*
- *Un récipient refermable d'une contenance de environ 25 ml*

INGRÉDIENTS :

- *5 cuil. à soupe de cire d'abeille*
- *5 cuil. à soupe d'huile de coco*

1. Mélangez les deux ingrédients dans un bol à l'aide d'une fourchette.

2. Faites fondre le mélange au bain-marie jusqu'à obtenir une consistance liquide.

3. Versez le mélange obtenu dans un pot et laissez reposer jusqu'à ce que cela durcisse.

4. Utilisez cette crème à n'importe quel moment lorsque vous sentez vos mains sèches, ou après chaque lavage. Avec un dosage raisonnable, la crème pénètre très rapidement la peau, de façon à sauter l'étape du temps de pose.

Utilisation : corps / visage

Difficulté : 2/3

Fréquence : chaque heure

Préparation : 60 minutes * **Conservation :** environ 12 mois

Crème solaire au beurre de cacao

Ayant déjà fait la douloureuse expérience du coup de soleil, j'applique une crème solaire quotidiennement. Lorsque j'ai découvert que l'oxyde de zinc avait des propriétés anti-UV, j'ai testé ce DIY à indice de protection (SPF) 20. C'est suffisant pour notre peau noire et il fonctionne très bien.

MATÉRIEL NÉCESSAIRE :

- Une casserole + un bol en verre pouvant s'encastrer dedans
- Un mixeur plongeant
- Un récipient refermable d'une contenance de 100 ml

INGRÉDIENTS :

- 2 cuil. à soupe de cire d'abeille
- 4 cuil. à soupe de beurre de karité
- 2 cuil. à soupe de beurre de cacao
- 2 cuil. à soupe d'huile de coco
- 2 cuil. à soupe de poudre d'oxyde de zinc

1. Faites fondre la cire d'abeille au bain-marie.
2. Ajoutez le beurre de karité, le beurre de cacao et l'huile de coco. Ajoutez ensuite la poudre d'oxyde de zinc.
3. Retirez la cire d'abeille du bain-marie et mélangez le tout au mixeur jusqu'à obtenir une consistance homogène.
4. Coulez le produit obtenu dans un pot et laissez refroidir pendant environ une journée, jusqu'à ce que le mélange soit solide.
5. Au moment de l'application, vous aurez un léger film blanc à la surface de votre peau mais ceci est normal et s'estompera au fil du temps.

Fréquence d'utilisation : Afin de bénéficier d'une protection maximale, répétez l'application de votre crème solaire chaque heure lorsque vous vous trouvez exposée au soleil.

Utilisation : corps / visage

Difficulté : ///

Fréquence : toutes les 3/4 semaines

Préparation : 90 minutes * **Conservation :** Cette cire est à usage unique et doit être préparée à chaque utilisation.

Épilation à la cire orientale

De nature très drue et bouclée, nos poils sont source de repousses sous peau et de boutons après coup. Il est par conséquent important de bien arracher le poil à la racine. Cette technique est assez douloureuse, mais efficace car elle permet de s'épiler partout : jambes, maillot, bras, ou moustache…

MATÉRIEL NÉCESSAIRE :

- *Une petite casserole*
- *Une cuil. en bois*

INGRÉDIENTS :

- *4 cuil. à soupe de sucre*
- *2 cuil. à soupe d'eau*
- *1 cuil. à soupe jus de citron*
- *1 cuil. à soupe de miel*

1. Versez le sucre puis l'eau dans une casserole et mélangez-les avant d'ajouter le miel et le citron. Faites chauffer votre mélange en remuant continuellement.

2. Quand votre mélange au sucre commence à prendre une couleur dorée, retirez-le du feu et continuez à remuer doucement pendant 1 minute.

3. Attention, à ce stade, votre cire est encore très liquide et chaude ! Par précaution, éloignez les enfants de la cuisine. Laissez tiédir votre cire avant de commencer à la manipuler.

4. Une fois votre cire suffisamment tiède, vous pouvez commencer à en prélever une petite boule que vous allez d'abord malaxer en l'étirant puis en la repliant sur elle-même plusieurs fois, jusqu'à ce qu'elle ait un aspect nacré.

5. Lorsque votre cire est suffisamment malaxée vous pouvez commencer à vous épiler avec. Étalez-la dans le sens de la pousse du poil et retirez-la aussitôt d'un coup sec dans le sens inverse du poil. N'épilez pas plus de deux fois une même zone, afin d'éviter d'irriter votre peau.

Fréquence d'utilisation : Utilisez cette cire lorsque vous avez au minimum entre 5 mm et 1 cm de repousse, afin de bien pouvoir accrocher le poil et le retirer efficacement.

Utilisation : genoux / coudes

Difficulté :

Fréquence : 3 fois par semaine

Préparation : 15 minutes * **Conservation :** Durant les premières périodes du traitement où vous appliquez régulièrement le produit, vous pouvez conserver votre pâte jusqu'à 4 jours au réfrigérateur.

Éclaircissant genoux et coudes

Nos coudes et nos genoux sont hélas trop souvent des parties du corps négligées dans nos routines de soin. Tout aussi sèches que le reste du corps, ce sont des parties très sollicitées notamment comme points d'appuis pour différents gestes du quotidien. Par conséquent, elles accumulent, en plus de la sécheresse, un surplus de cellules mortes et d'impuretés qui sont cause d'assombrissement. C'est la raison pour laquelle je suis très contente de ce DIY qui va nous aider à prendre soin de cette zone du corps trop longtemps négligée.

MATÉRIEL NÉCESSAIRE :

- *Un petit bol*
- *Une cuil. en bois*

INGRÉDIENTS :

- *3 cuil. à soupe de bicarbonate de soude*
- *1 cuil. à soupe de jus de citron*
- *1 cuil. à café d'huile d'olive*

1. Dans un petit bol, mélangez à l'aide de votre cuillère en bois le bicarbonate de soude avec le jus de citron et l'huile d'olive, jusqu'à obtenir une pâte homogène.

2. Appliquez votre pâte sur les zones concernées et laissez-la reposer pendant 10 bonnes minutes afin qu'elle durcisse. Vous pouvez ensuite rincer le produit en effectuant des gestes circulaires sous l'eau tiède.

Fréquence d'utilisation : Réalisez cette pâte dans un premier temps 3 fois par semaine pendant 2 semaines. Réduisez la fréquence de manière progressive en fonction de l'éclaircissement des zones. Après obtention de la carnation souhaitée, vous pouvez réaliser cet éclaircissant une fois par mois pour prendre soin de vos genoux et coudes.

Utilisation : corps

Difficulté :

Fréquence : quand vous le voulez

Préparation : 10 minutes

Exfoliant naturel au sable

Nous savons maintenant qu'exfolier son corps régulièrement est important pour la régénération cellulaire et pour avoir une belle peau douce. Différentes méthodes d'exfoliation sont possibles mais avec ce DIY, j'ai voulu vous montrer qu'il existe une manière très simple de réaliser un gommage du corps à la seule condition d'être en vacances à la plage. En effet, nos seuls ingrédients ici sont le sable de plage et l'eau de mer !

INGRÉDIENTS :

- *Sable de plage*
- *Eau de mer*

1. Asseyez-vous dans l'eau sableuse et servez-vous une bonne quantité de sable mouillé que vous allez frotter sur vos bras et vos jambes en faisant des mouvements circulaires. Effectuez ce gommage comme avec un produit, sauf que cette fois-ci, vous pouvez en utiliser autant que vous le souhaitez.

2. Une fois votre gommage terminé et rincé à l'eau de mer, passez au nettoyage à l'eau claire et à l'hydratation de votre peau, à l'aide d'une crème ou d'une huile.

Fréquence d'utilisation : Aucune fréquence régulière n'est nécessaire ici. Réalisez ce gommage dès que vous êtes en mesure de le faire et lorsque vous en ressentez le besoin.

LE SOIN DU VISAGE

La peau de notre visage est celle qui, avec les mains, sont les plus exposées. Dans son environnement d'origine qui est tropical, notre peau est capable de garder sa couche supérieure compacte et dense, favorisant la cohésion cellulaire avec un renouvellement plus rapide. Dans un environnement plus tempéré, elle a du mal à préserver cette couche et nous nous retrouvons avec des irrégularités dans le fonctionnement des cellules de notre visage.

Les problèmes principaux que nous rencontrons sont dans un premier temps un déséquilibre de l'hydratation. La majorité des femmes noires ont la peau sèche. Vous pouvez en avoir la confirmation si vous constatez des tiraillements quelques secondes après avoir lavé votre visage et que vous ressentez le besoin d'appliquer une crème aussitôt. Au-delà de cette sécheresse, beaucoup de femmes noires se retrouvent avec des zones de brillance, principalement sur la zone T du visage. Ceci n'est pas la traduction d'une peau grasse, mais une réaction de l'épiderme pour lutter contre toute forme de sécheresse sur la peau.

Ce phénomène entraîne une caractéristique que la majorité d'entre nous présente : la peau mixte. Une peau relativement sèche avec une zone T qui graisse rapidement et beaucoup. Il existe bien entendu des exceptions, et la routine de soins devra donc être adaptée selon la nature de la peau.

Ensuite, sur notre corps, mais majoritairement sur le visage, la peau compense irritations, boutons, inflammations ou coupures par une surproduction de mélanine lors du processus de cicatrisation. C'est ce qui laisse des marques sous forme de taches plus foncées sur notre visage. En effet, notre peau est plus lente à cicatriser. C'est l'une des raisons pour laquelle la recherche d'une peau parfaitement uniforme a une place très importante dans notre culture. Le nombre de produits éclaircissants ou unifiants qu'on retrouve dans les magasins ethniques ou les magazines spécialisés est stupéfiant. Il existe néanmoins des produits éclaircissants qui dépigmentent notre peau en réduisant la production naturelle de mélanine avec des ingrédients interdits ou très contrôlés (notamment en Europe) tels que l'hydroquinone, la cortisone ou les stéroïdes. Ces derniers peuvent en effet nuire à notre santé en provoquant des maladies cardio-vasculaires ou du diabète. Ils fragilisent la peau et favorisent l'apparition de kystes, de taches, ou un développement excessif de la pilosité. Fort heureusement, il existe aussi des produits unifiants visant à estomper les taches d'hyperpigmentation sans altérer la production de mélanine. Ils sont à base de plantes, d'acides de fruits ou d'autres produits naturels dérivés de la vitamine A et ne sont pas nocifs pour la peau.

Pour faire face à ces spécificités de la peau du visage, il existe des techniques simples pour en prendre soin. Une grande partie des produits peut se fabriquer à la maison. Je suis très soucieuse de ce que j'applique sur mon visage. Aussi, créer mes propres soins a été la solution. Grâce à cela, j'ai pu entre autres retrouver une peau éclatante et uniforme. Alors, pourquoi se priver ?

J'ai choisi pour vous 6 DIY testés et approuvés qui peuvent correspondre aux différentes problématiques que vous pouvez rencontrer. Testez, adoptez et adorez !

Utilisation : visage

Difficulté :

Fréquence : 1 à 2 fois par semaine

Préparation : 10 minutes * **Conservation :** Cette préparation ne se conserve pas. Vous pouvez donc la jeter après chaque utilisation.

Masque anti-taches éclaircissant

Souvent, par manque d'informations, beaucoup de femmes se tournent vers des produits qui se veulent éclaircissants, mais ces derniers ont des actifs chimiques qui dépigmentent notre peau et peuvent engendrer beaucoup de problèmes. Pourtant, il existe des produits naturels qui ont un effet éclaircissant sans pour autant nuire à notre épiderme. Voici une recette 100 % naturelle !

MATÉRIEL NÉCESSAIRE :

- *Un bol*
- *Une cuil. à soupe*

INGRÉDIENTS :

- *2 cuil. à soupe de miel*
- *2 cuil. à soupe de bicarbonate de soude*
- *2 cuil. à soupe de curcuma*
- *1 cuil. à café de citron fraîchement pressé (ou jus de citron)*
- *1 cuil. à café de gel d'aloe vera*

1. Dans un bol, versez d'abord 2 cuil. à soupe de bicarbonate de soude puis le curcuma. Mélangez bien ces deux premiers ingrédients.

2. Ajoutez le miel, le citron et le gel d'aloe vera et mélangez les ingrédients secs avec les ingrédients liquides jusqu'à obtenir un beau mélange lisse.

3. Appliquez votre préparation de préférence à l'aide d'un pinceau de maquillage plat sur votre visage lavé et séché. Laissez reposer le masque pendant 20 minutes. Les premières minutes, vous allez voir quelques bulles se former qui vont finir par s'estomper au fur et à mesure que le masque pénètre votre peau.

4. Rincez votre masque à l'eau claire en effectuant des mouvements circulaires avec vos mains pour en même temps exfolier votre visage en douceur. Les graines de curcuma vont avoir un effet gommant éliminant les peaux mortes.

Fréquence d'utilisation : 1 à 2 fois par semaine pendant 2-3 mois en fonction de l'intensité de vos tâches.

Utilisation : visage

Difficulté :

Fréquence : 1 fois par semaine

Préparation : 10 minutes * **Conservation :** Vous pouvez conserver votre masque pendant 24 heures pour éventuellement en faire bénéficier une autre personne.

Masque hydratant

L'avocat hydrate notre épiderme, le nourrit et constitue par ailleurs un excellent anti-rides. Les peaux noires étant par nature sèches à tendance mixte, une hydratation profonde va permettre de réguler cet excès de sébum en surface et nous rendre un certain équilibre. Il existe de nombreux produits dans le commerce, mais ce masque est un réel jackpot question rapport qualité, prix et temps. Alors, n'hésitez plus !

MATÉRIEL NÉCESSAIRE :

- *Une fourchette*
- *Un bol*

INGRÉDIENTS :

- *Un demi-avocat mûr*
- *1 cuil. à soupe de yaourt nature*
- *1 cuil. à soupe de miel*
- *1 cuil. à café d'huile d'olive*
- *1 cuil. à café de citron, fraîchement pressé ou en jus*

1. Écrasez l'avocat à l'aide d'une fourchette dans un bol jusqu'à avoir le moins de grumeaux possibles.

2. Ajoutez le yaourt et le miel pour créer un mélange homogène. Ajoutez l'huile et le citron en dernier.

3. Appliquez votre préparation de préférence à l'aide d'un pinceau de maquillage plat sur votre visage lavé et séché. Laissez reposer pendant 15 minutes.

4. Rincez à l'eau chaude en effectuant des mouvements circulaires sur votre visage.

Fréquence d'utilisation : Appliquez ce masque une fois par semaine pour un extra boost d'hydratation pour votre visage.

Utilisation : visage

Difficulté :

Fréquence : 1 fois par semaine

Préparation : 20 minutes * **Conservation :** Vous pouvez conserver votre exfoliant au réfrigérateur jusqu'à 4 semaines.

Exfoliant à l'huile d'olive

Lorsque nous exfolions notre visage, il est également important de ne pas trop agresser notre peau. En effet, une exfoliation ou un gommage peuvent causer des irritations. Ainsi, un bon exfoliant visage doit non seulement nettoyer votre peau et la renouveler, mais aussi prévenir les irritations et les boutons. C'est la raison pour laquelle j'ai souhaité vous faire découvrir cette recette très simple mais aussi très efficace.

MATÉRIEL NÉCESSAIRE :

- 2 bols

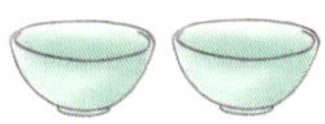

INGRÉDIENTS :

- 3 cuil. à café d'huile d'olive
- 3 cuil. à café d'huile d'amandes douces
- 1 cuil. à soupe de miel
- 1 cuil. à soupe de citron pressé
- 2 cuil. à soupe de sel
- 2 cuil. à soupe de poudre d'amandes

1. Remplissez le fond d'une tasse avec votre poudre d'amandes. Au micro-ondes, faites légèrement chauffer les huiles avec le miel.

2. Versez le citron dans la poudre d'amandes afin d'obtenir une petite pâte pas trop compacte.

3. Appliquez d'abord votre mélange huile et miel sur votre visage en effectuant des mouvements circulaires. Une fois que votre visage est couvert de produit, appliquez la pâte de poudre d'amandes au citron en effectuant également des mouvements circulaires pour lancer le processus gommant.

4. Vous pouvez ensuite continuer votre gommage sur visage mouillé en effectuant des mouvements circulaires pour éliminer vos peaux mortes, déboucher certains pores et favoriser la régénération des cellules. Pour un meilleur résultat, laissez reposer pendant 2-3 minutes avant de rincer le produit de votre visage.

Fréquence d'utilisation : Réalisez ce gommage une fois par semaine pour retrouver une peau toute douce.

Utilisation : visage

Difficulté :

Fréquence : 1 fois par semaine

Préparation : 20 minutes * **Conservation :** Vous pouvez conserver le masque au réfrigérateur jusqu'à 4 jours.

Masque anti-âge

Notre peau fait partie, comme celles des Asiatiques, de celles qui ont la chance d'avoir un vieillissement moins rapide. Mais vous aurez maintenant compris à quel point je tiens à la préservation des avantages que mère nature nous a donnés, en prenant particulièrement soin de nous, notamment de notre peau. Ce DIY est réservé aux peaux un peu plus matures, à partir de 30-35 ans lorsque notre derme commence à perdre tout doucement en élasticité. C'est le moment où il faut redoubler d'efforts pour les soins. J'ai eu un réel plaisir à réquisitionner ma mère comme cobaye pour tester ce DIY et les résultats sont très satisfaisants.

MATÉRIEL NÉCESSAIRE :

- Un bol
- Un blender
- Une cuil. en bois

INGRÉDIENTS :

- 2 cuil. à soupe de yaourt nature
- 1 cuil. à soupe d'huile d'amandes douces
- 1 cuil. à soupe de miel
- Une petite poignée de graines de raisin

1. Écrasez les graines de raisin au blender jusqu'à obtenir une poudre.

2. Dans un bol, mélangez le yaourt avec le miel et l'huile d'amandes douces. Ajoutez la poudre de graines de raisin en dernier.

3. À l'aide d'une cuillère en bois, mélangez votre préparation afin que votre pâte soit suffisamment homogène pour être appliquée sur le visage.

4. Laissez reposer le masque sur votre visage durant 20 minutes minimum, avant de le rincer à l'eau tiède à l'aide d'un gant de toilette.

Fréquence d'utilisation : Incorporez ce masque à votre routine en le réalisant une fois par semaine.

Utilisation : visage

Difficulté :

Fréquence : 1 fois par semaine

Préparation : 20 minutes * **Conservation :** Réalisez ce masque ponctuellement et ne le conservez pas.

Masque anti-boutons, anti-acné

L'ingrédient utilisé pour ce DIY, le kaolin, est très controversé pour l'utilisation qu'en font certaines femmes. En effet, dans beaucoup de pays africains, les femmes absorbent cette argile. C'est une pratique souvent comparée au syndrome de Pica, un trouble comportemental qui induit la consommation de substances non nutritives comme la terre, le papier ou l'argile.
Très absorbant, avec des vertus cicatrisantes et anti-inflammatoires, j'ai pensé qu'au lieu de renier cette pierre blanche, il serait préférable d'utiliser le kaolin comme le font de nombreuses femmes africaines : pour prendre soin de son visage en traitant les boutons et l'excès de sébum. Il s'agit de le transformer par quelques gestes simples en un masque très bénéfique.

MATÉRIEL NÉCESSAIRE :

- *Un bol*

INGRÉDIENTS :

- *100 g de kaolin en poudre*
- *1/3 de verre d'eau*
- *Quelques gouttes d'huile d'argan*

1. Dans un bol, mélangez le kaolin en poudre avec l'eau jusqu'à obtenir une pâte sans grumeaux.
2. Ajoutez les gouttes d'huile d'argan pour finaliser votre masque.
3. Vous pouvez directement appliquer votre masque sur votre visage. Laissez-le reposer sur votre visage pendant 10 minutes avant de le rincer à l'eau claire à l'aide d'un gant de toilette.

Fréquence d'utilisation : Réalisez ce masque une fois par semaine lorsque vous avez quelques boutons, et 2 à 3 fois par semaine lorsque vous souffrez d'acné sévère. Au fur et à mesure que les imperfections s'estomperont, vous pourrez réduire la fréquence d'application du masque.

Utilisation : visage (lèvres)

Difficulté : 1

Fréquence : 1 fois par semaine

Préparation : 10 minutes * **Conservation :** Vous pouvez conserver votre exfoliant dans un pot à l'abri de toute source de chaleur pendant maximum 2 mois.

Exfoliant pour lèvres

La bouche d'une femme africaine est une des parties du corps la plus représentative de sa beauté. C'est pour ma part la zone que j'ai appris à aimer le plus et que j'encourage à mettre en valeur à travers mes vidéos, notamment grâce au rouge à lèvres. Or, même si avec notre peau sèche nous avons pris l'habitude de nous hydrater continuellement, nous ne sommes pas toujours à l'abri de ces petites peaux sur nos lèvres qui nous empêchent de porter un joli rouge à lèvres mat. C'est la raison pour laquelle j'ai voulu partager avec vous mon petit DIY secret que j'utilise maintenant depuis plusieurs années. Il est très pratique, facile à réaliser et vous aidera à avoir des lèvres douces rapidement !

MATÉRIEL NÉCESSAIRE :

- *Un pot ou un ancien pot de baume à lèvres*
- *Un cure-dent*

INGRÉDIENTS :

- *Un petit pot de sucre de canne*
- *Un petit pot d'huile d'olive*

1. Remplissez aux ¾ votre petit pot de sucre et ajoutez une cuillère à soupe d'huile d'olive. Adaptez les quantités de sucre et d'huile à la taille de votre pot, en respectant les proportions suivantes : ¾ de sucre et ¼ d'huile d'olive.

2. À l'aide d'un cure-dent, mélangez le sucre avec l'huile d'olive.

3. Prenez une noisette d'exfoliant et appliquez-la sur vos lèvres, en massant avec des mouvements circulaires. L'huile va à la fois hydrater et détendre la peau de vos lèvres. Le sucre, quant à lui, va gommer les peaux mortes.

4. Rincez ensuite à l'eau claire et hydratez immédiatement avec du beurre de karité par exemple.

Fréquence d'utilisation : Réalisez ce gommage une fois par semaine ou chaque fois que vous en ressentez le besoin.

Lorsqu'on prend soin de sa peau, il est important de se construire une routine à laquelle il faut se tenir, afin d'être efficace sur la durée.

Cependant, on peut toujours la moduler et l'adapter en fonction des saisons de l'année, des problématiques de peau que l'on rencontre ou encore des nouveaux produits que l'on découvre.

Voici mes fondamentaux qui, je l'espère, pourront vous être utiles.

Le nettoyage

On ne commence rien sans avoir une bonne base propre. Que ce soit le matin ou le soir, appliquez vos soins sur un visage nettoyé afin de vous débarrasser de toutes les impuretés et de laisser votre peau respirer. Pour cela, il est bon d'opter pour un produit au pH neutre ou peu agressif. Vous pouvez vous orienter vers le savon noir africain ou vers des produits spécialement formulés pour le visage.

L'hydratation

Cette étape est essentielle. Même lorsque vous avez la peau grasse, ne sautez pas votre hydratation quotidienne en pensant que cela va aider votre peau à moins graisser. Tout le contraire va se produire car le surplus de sébum survient lorsque votre peau se sent desséchée. Optez donc pour une crème adaptée. Pour les peaux sèches, je vous conseille une crème qui contient beaucoup d'eau comme un fluide hydratant.

Pour les peaux grasses, une crème matifiante est tout à fait ce qu'il vous faut. Elle va vous apporter une hydratation optimale tout en régulant votre excès de sébum.

Pour les peaux mixtes, préférez une crème légère mais matifiante.

Les soins

Une fois par semaine, offrez-vous une petite session cocooning pour prendre soin de votre peau en profondeur et vous détendre. Le fait d'être moins stressée et de bien dormir a des effets bénéfiques pour votre santé, et donc aussi pour votre peau. Inspirez-vous des quelques DIY de masques que je vous ai proposés. Faites un break !

LE SOIN DES CHEVEUX

Les femmes africaines et les cheveux, c'est toute une histoire ! Au fil des années, j'ai pu constater que toutes les femmes noires ne savent pas réellement entretenir leurs cheveux. Certes, elles arborent souvent des coiffures dignes de stars de cinéma, mais derrière les extensions, les foulards ou les perruques, se cache souvent une méconnaissance de la nature de nos cheveux. Cette incompréhension est renforcée par des idées fausses telles que « les cheveux crépus ne poussent pas » ou que « les cheveux crépus sont indomptables ». J'ai moi-même longtemps été dans cette ignorance. Dans ma famille, ma mère et mes tantes ne cessaient de me proposer des produits qui devaient aider mes cheveux à être moins secs, plus résistants, moins cassants et même des produits qui étaient censés faire pousser mes cheveux miraculeusement (ça n'a jamais marché !). Jusqu'au jour où j'ai commencé à m'intéresser à la structure des cheveux crépus. Ces derniers sont si serrés qu'on les distingue à peine. Il va de soi que cette caractéristique les différencie totalement des autres types de cheveux.

Contrairement aux cheveux lisses, les cheveux crépus sont moins bien hydratés, car le sébum produit par notre cuir chevelu, qui fonctionne comme une huile capillaire naturelle scellant l'hydratation par une barrière protectrice, a du mal à hydrater l'ensemble du cheveu de par sa forme. Représentez-vous un instant le sébum devant deux toboggans (oui, je sais, cela peut paraître étrange). Vous le voyez ? Bien. Maintenant, imaginez un toboggan droit, représentant le cheveu lisse, et un toboggan en spirale représentant le cheveu crépu. Bien entendu, il sera plus rapide de glisser sur le toboggan droit que sur la spirale. C'est exactement la même chose pour l'hydratation de nos cheveux et c'est aussi la raison pour laquelle le cheveu crépu est souvent sec. La solution est donc d'apporter une hydratation extérieure en choisissant des produits qui pénètrent réellement dans la fibre capillaire.

Maintenant, nous allons nous pencher sur la casse du cheveu. Cette fois-ci, nous allons imaginer un spaghetti. Tant qu'il n'est pas dans l'eau, ce dernier casse très facilement. Et celui qui a trop cuit devient mou et casse également. Lorsque nous faisons cuire des pâtes, nous cherchons le plus souvent à les cuire « al dente ».

C'est exactement la même chose pour nos cheveux. Il est important de les hydrater, mais pas trop. Il faut trouver un bon équilibre entre hydratation et protéine (qui renforce les cheveux) afin de leur procurer souplesse et résistance. Pour y parvenir, une bonne routine capillaire régulière et des soins équilibrés sont indispensables.

Le soin des cheveux est devenu une passion pour moi, car j'ai découvert que plus je m'y connaissais, mieux ceux-ci se portaient. En ayant recours à de produits basiques (que nous trouvons dans notre cuisine) dans ma routine, j'ai enfin pu répondre aux besoins de mes cheveux et arborer une chevelure digne d'une princesse africaine.

Les prochains DIY ne sont qu'un petit exemple de recettes que vous pouvez réaliser afin de prendre soin de vos cheveux. Vous allez tellement les adorer qu'il va vous être difficile de retourner aux produits du commerce !

Utilisation : cheveux

Difficulté : /

Fréquence : 1 fois par semaine

Préparation : 40 minutes * **Conservation :** Ce shampoing peut être conservé dans un endroit sec et à l'abri du soleil pendant très longtemps. La durée maximale que j'ai pu expérimenter a été de 4 mois.

Shampoing clarifiant

Dans la majorité des routines capillaires, le shampoing reste la première étape. Je trouve que le nettoyage du cuir chevelu est un moment de pure détente. Le choix du shampoing est par conséquent primordial.
Il est important d'opter pour un shampoing nettoyant permettant d'enlever toute trace de produits et de saletés sans pour autant être trop agressif et risquer de les assécher. Se tourner vers une recette *home made* est donc une excellente alternative.

MATÉRIEL NÉCESSAIRE :

- Un récipient (type ancienne bouteille de shampoing)
- Un couteau

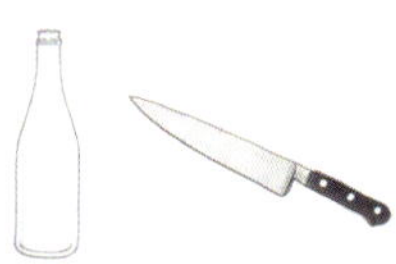

INGRÉDIENTS :

- Un gros morceau de savon noir africain
- 50 cl d'eau de source ou minérale
- 1 cuil. à café de poudre d'hibiscus
- 2 gouttes d'huile essentielle de menthe

1. Coupez votre savon noir africain en plusieurs petits dés pour faciliter sa dissolution dans l'eau. Remplissez votre récipient d'eau et ajoutez votre savon noir africain.

2. Ajoutez la poudre d'hibiscus et les gouttes d'huile et secouez vigoureusement pendant une bonne minute.

3. Laissez reposer pendant 5 minutes et secouez à nouveau pendant une minute. Petit à petit, le mélange se formera tout seul.

4. Avant chaque utilisation, n'oubliez pas de secouer votre shampoing. Lavez vos cheveux comme d'habitude en massant votre cuir chevelu.

Fréquence d'utilisation : Vous pouvez l'utiliser pour chaque lavage. Je vous conseille de l'utiliser au moins une fois par semaine.

Utilisation : cheveux

Difficulté :

Fréquence : tous les jour

Préparation : 10 minutes * **Conservation :** Conservez votre hydratant dans un endroit sec jusqu'à maximum 1 mois.

Spray hydratant

Nos cheveux sont par nature très secs et ont besoin d'être régulièrement hydratés. Mais encore faut-il trouver le bon produit ! Rassurez-vous, le plus simple reste l'eau. Dès mon retour au naturel, je me suis armée d'un vaporisateur d'eau que j'ai rempli de ma petite mixture magique pour hydrater mes cheveux. En voici la recette.

MATÉRIEL NÉCESSAIRE :

- *Un petit bol*
- *Un entonnoir*
- *Un vaporisateur d'eau*

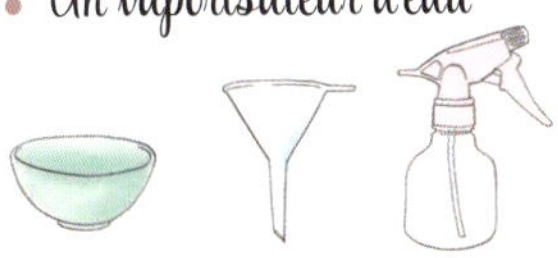

INGRÉDIENTS :

- *1 cuil. à soupe de votre crème capillaire ou après-shampoing préféré*
- *1 cuil. à soupe d'huile de ricin*
- *1 cuil. à soupe d'huile d'argan*
- *Environ 60 ml d'eau minérale (en fonction de votre vaporisateur d'eau)*

1. Dans le bol, mélangez d'abord votre crème capillaire ou votre après-shampoing avec de l'eau afin de le diluer au maximum.

2. À l'aide d'un entonnoir, transvasez votre produit dilué dans votre vaporisateur d'eau.

3. Ajoutez votre huile, fermez votre vaporisateur d'eau et secouez énergiquement votre produit afin que les ingrédients se mélangent bien.

4. Vaporisez le produit sur vos cheveux et coiffez-vous comme d'habitude.

Fréquence d'utilisation : Hydratez vos cheveux à l'aide de votre vaporisateur soit tous les jours, soit tous les deux jours.

Utilisation : cheveux

Difficulté :

Fréquence : cure de 7 semaines

Préparation : 20 minutes * **Conservation :** Cette préparation ne peut pas se conserver, aussi faut-il l'utiliser intégralement.

Masque adoucissant et fortifiant

Nos cheveux sont parfois mis à l'épreuve et fragilisés avec les changements de température, les bouleversements hormonaux lors d'une grossesse, ou encore les moments de stress. Quoi qu'il arrive, il faut être à l'écoute et adapter ses soins afin de les renforcer. Mes amies blogueuses m'ont vanté les mérites du henné, si bien que j'ai fini par tester cette poudre aux mille vertus. Ce masque s'est rapidement retrouvé parmi mes techniques chouchous de soins.

MATÉRIEL NÉCESSAIRE :

- *Un bol*
- *Une fourchette*
- *Une serviette en coton (qui sera par la suite dédiée à ce masque)*

INGRÉDIENTS :

- *6 cuil. à soupe de henné neutre*
- *½ brique de lait de coco*
- *1 cuil. à soupe de glycérine (à défaut, utilisez 1 cuil. à soupe de miel)*
- *1 cuil. à soupe d'huile de baobab*

1. Faites chauffer votre lait de coco 30 secondes à la chaleur maximale au micro-ondes.

2. Mélangez ensuite votre lait de coco au henné neutre à l'aide d'une fourchette, jusqu'à ce que vous n'ayez plus de grumeaux.

3. Ajoutez la glycérine et l'huile et continuez à mélanger jusqu'à obtenir une consistance homogène.

4. Appliquez directement le produit de la même manière qu'un masque sur des cheveux propres fraîchement lavés et recouvrez le masque d'un cellophane pendant 3 heures minimum. Rincez abondamment à l'eau chaude après le temps de pose.

Fréquence d'utilisation : Afin de constater des résultats, réalisez ce masque sous forme de cure de 7 semaines en l'incorporant une fois par semaine dans votre routine soin capillaire. Renouvelez cette cure tous les 3 mois pour préserver l'état de votre fibre capillaire.

Utilisation : cheveux

Difficulté :

Fréquence : 1 fois par semaine

Préparation : 40 minutes * **Conservation :** Vous pouvez conserver votre masque jusqu'à 12 heures au réfrigérateur.

Masque hydratant

Hydrater ses cheveux peut sembler simple. Mais avec les cheveux crépus, beaucoup de femmes se sentent vite découragées car nos cheveux semblent secs et par conséquent abîmés. Ce masque fait partie d'un des rares DIY dont vous pouvez immédiatement constater les effets. C'est aussi une manière très simple d'hydrater ses cheveux en profondeur pour retrouver des boucles définies et des cheveux tout doux.

MATÉRIEL NÉCESSAIRE :

- *Un couteau*
- *Un bol*
- *Un blender*

INGRÉDIENTS :

- *Un avocat mûr*
- *Une banane*
- *Un œuf*
- *2 cuil. à soupe de miel*

1. Coupez votre banane en petites rondelles, puis dénoyautez votre avocat et réduisez le fruit en purée à l'aide d'une fourchette.

2. Dans un blender, versez l'avocat, la banane, l'œuf et le miel et mixez le tout jusqu'à obtenir une pâte homogène.

3. Appliquez le masque directement dans vos cheveux. Laissez-le poser pendant 30 minutes minimum en couvrant vos cheveux d'une charlotte ou d'un cellophane recouvert d'un bonnet. Le fait de couvrir votre tête va permettre de conserver la chaleur, ce qui favorisera les effets du soin.

4. Rincez abondamment le masque de vos cheveux pour éliminer tous les résidus.

Fréquence d'utilisation : Vous pouvez réaliser ce masque une fois par semaine pour compléter votre routine soin.

Utilisation : cheveux

Difficulté : //

Fréquence : 1 fois par semaine

Préparation : 10 minutes * **Conservation :** Aucune : à la fin de l'application, il ne doit rien vous rester.

Bain d'huiles

Le bain d'huiles est une pratique de soin ancestrale, redécouverte notamment grâce au mouvement « nappy » (le retour au cheveu naturel). Elle consiste à imbiber ses cheveux de différentes huiles, pendant plusieurs heures, afin de profiter de leurs bienfaits et de fortifier ses cheveux. Je l'ai finalement adoptée car mes cheveux se sont beaucoup fragilisés avec la baisse des températures en hiver. En quelques mois, je suis devenue fan des bains d'huiles et mes cheveux m'ont remerciée !

MATÉRIEL NÉCESSAIRE :

- *Une casserole ou un bol*
- *Une serviette de protection*
- *Du film cellophane*
- *Une charlotte de douche*

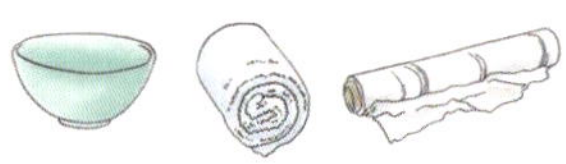

INGRÉDIENTS

- *Huile de coco*
- *Beurre de karité*
- *Beurre de cacao*
- *Huile de ricin*
- *Huile d'argan*
- *Huile de baobab*

1. Protégez votre plan de travail avec des journaux et vos vêtements à l'aide d'une serviette.

2. Dans une casserole, versez toutes vos huiles préférées et faites-les chauffer pour qu'elles se mélangent. Vous pouvez également les chauffer au micro-ondes en les versant dans un bol. Laissez tiédir quelques minutes avant d'appliquer le mélange sur vos cheveux.

3. Laissez poser votre bain d'huiles pendant minimum une heure et de préférence plusieurs heures. L'idéal est de le réaliser la veille de votre shampoing et de dormir avec, en protégeant bien vos cheveux d'un film cellophane, d'une charlotte de douche et encore d'un foulard, pour être sûre de ne pas tacher vos draps.

4. Après avoir laissé poser le bain d'huiles, rincez abondamment vos cheveux à l'eau chaude. Poursuivez avec un shampoing et les étapes de votre routine de soin capillaire.

Mes cheveux ont toujours été une question épineuse dans ma vie, même si la taille du fameux « ? » diminue de jour en jour depuis que j'ai créé ma chaîne Youtube et ai décidé de partager mes expériences et connaissances, que j'acquiers progressivement. Après plus de 3 ans au naturel, l'expérience m'a fait constater que moins on en fait, mieux c'est. Voici donc mes conseils pour construire votre routine capillaire, que vos cheveux soient naturels, défrisés ou coiffés.

Toutes les femmes que je connais, peu importe leur ethnie, sont préoccupées par la pousse de leurs cheveux, en particulier mes consœurs qui font partie du mouvement nappy, consistant à garder ses cheveux naturels crépus. Il est important de se rappeler que les cheveux poussent tous les jours, depuis les racines, et qu'il faut prendre soin des pointes pour éviter la casse et ainsi maintenir la longueur.

Le nettoyage

Un de nos nombreux avantages capillaires est d'avoir à nous laver les cheveux moins souvent que les personnes aux cheveux raides et lisses. En effet, nos cheveux graissent moins vite, ce qui nous permet d'espacer nos shampoings. Il est tout de même important de prendre soin de notre cuir chevelu pour éliminer toutes les impuretés qui peuvent boucher les pores et empêcher la pousse des cheveux. Un cuir chevelu propre et hydraté est essentiel !

Lorsque vous vous lavez les cheveux, commencez par les racines, en effectuant des massages du bout des doigts afin de détendre la peau et de favoriser la circulation sanguine. Pour ma part, laver mes cheveux s'est transformé en un réel moment de détente et de relaxation.

Le masque

Une fois notre cuir chevelu propre, il faut se concentrer sur les longueurs et les pointes. Cela nous amène à un autre point fondamental : le combat contre la casse du cheveux. En effet, nos longueurs et nos pointes constituent les parties les plus vieilles et les plus exposées. Les masques après lavage sont très bénéfiques pour apporter un soin en profondeur pour les renforcer et leur redonner de la vitalité.

Avec une bonne équation hydratation et apport de protéines, nos cheveux deviennent plus brillants, résistants et par conséquent moins cassants. Ne sautez pas cette étape, surtout si vous avez les cheveux secs, défrisés, ou tout simplement fragilisés.

La pose d'un masque capillaire dépend du produit utilisé, mais dure en moyenne 15 à 20 minutes. Il est conseillé d'ajouter un moyen de chauffe, c'est-à-dire un casque chauffant, un steamer, ou tout simplement d'envelopper vos cheveux de cellophane et de porter ensuite un bonnet. Cela permettra d'utiliser la chaleur pour ouvrir les cuticules de vos cheveux et d'aider votre masque à mieux pénétrer votre fibre capillaire.

Si vous manquez de temps, vous pouvez aussi opter pour un après-shampoing nutritif dont le temps de pose est plus court, généralement entre 5 et 10 minutes.

Le soin

Entre vos shampoings, il est également très important de prendre soin de vos cheveux. Pour cela, je vous conseille de les hydrater régulièrement, selon les mêmes principes que l'hydratation de votre peau. Si vos cheveux sont secs, il va falloir apporter une source d'hydratation qui peut se traduire par l'utilisation de différents types de produits : vaporisateur à base d'eau, lait capillaire, huile capillaire, beurre ou crème.

Il est important de sceller votre apport d'hydratation pour la faire durer au maximum. Plusieurs combinaisons sont possibles : eau-huile ; eau-beurre ; crème-huile : lait-beurre ; lait-huile.

Faites votre choix en fonction de l'épaisseur de vos cheveux, mais aussi selon ce qui vous paraît le plus confortable. Pour ma part, j'adore associer du lait et de l'huile ou de l'eau avec du lait et du beurre. Sachez aussi qu'en hiver, il est conseillé de redoubler d'efforts et d'opter plutôt pour une combinaison de soins plus riche, afin d'éviter à vos cheveux de s'assécher trop vite.

Les coiffures

Le grand avantage des femmes de couleur sur la question de la beauté reste avant tout la coiffure. Les techniques et possibilités sont infinies et nous permettent de changer de look, au fil des tendances, des humeurs ou des saisons.

La liste est longue, mais j'ai tout de même souhaité vous décrire les plus répandues afin de vous aider à réaliser que ces coiffures sont davantage une forme d'expression esthétique qu'un signe de manque de confiance en sa chevelure. Le sujet peut être controversé, mais cela ne devrait pas nous empêcher d'être créatives avec nos cheveux tout en respectant leurs caractéristiques et le soin que nous leur apportons.

Afro naturel

Tout le monde connaît les Jackson Five ou les coiffures qu'arboraient les noirs dans les années disco, pendant les *seventies*. Une belle touffe de cheveux crépus qui forme une masse volumineuse sur la tête. Cette coiffure peut être réalisée uniquement si vous avez les cheveux crépus naturellement : il vous suffit de sculpter votre chevelure avec vos doigts ou un peigne afro pour obtenir la forme souhaitée.

Défrisage

C'est une pratique chimique qui consiste à casser la fibre naturelle des cheveux bouclés ou crépus pour les raidir de façon durable. Le défrisage peut être doux, avec la technologie dite « thiolée », pour les cheveux bouclés ou moyennement frisés : le cheveu peut, à terme, retrouver son élasticité. Mais il existe aussi le défrisage fort, pour les cheveux très frisés à crépus, qui utilise la technologie alcaline : là, le rendu est plus définitif. Suite à un défrisage, il faut donc redoubler d'efforts dans votre routine de soins capillaires, car le cheveu devient plus fragile.

Tresses rastas

Il s'agit là encore d'une référence à la famille Jackson et plus particulièrement à Janet Jackson qui était réputée pour ses belles et longues tresses. Le principe est simple : il faut réaliser plusieurs petites tresses sur l'ensemble de la tête. On peut s'aider de rajouts généralement synthétiques.

Tresses africaines plaquées

C'est une des coiffures les plus simples à réaliser, notamment pour les enfants. Les rangées de nattes sont tressées de manière à ce qu'elles soient collées sur la tête. Elles peuvent se garder assez longtemps : 4 semaines s'il s'agit de vos cheveux naturels, plus d'un mois si vous portez des rajouts.

Tissage

Le tissage ressemble aux tresses africaines plaquées sauf qu'ici, des extensions de cheveux sont cousues sur la tête pour réaliser la coiffure souhaitée. C'est une façon comme une autre de tricher sur la longueur de ses cheveux et comme pour beaucoup de femmes, j'ai pendant de longues années été addict à cette technique de coiffage.

Crochet braids

Là encore, on commence par la base des tresses plaquées. Cette fois-ci, on noue plusieurs extensions de cheveux que l'on a insérées dans les tresses avec un outil de crochet.

Perruques

L'utilisation d'une perruque n'a pas toujours été bien vue. Mais aujourd'hui, celles-ci reviennent de plus en plus à la mode pour les femmes, et des versions très innovantes voient le jour. Si la perruque est de bonne qualité, il est parfois impossible de distinguer le vrai du faux.

Coiffures avec extensions

Il est toujours possible de donner du peps à sa coiffure en ajoutant quelques cheveux supplémentaires pour allonger sa queue-de-cheval, faire grossir son chignon ou encore ajouter du volume à ses cheveux.

Les dreads

Il existe de nombreuses techniques pour obtenir cette coiffure qui consiste à emmêler naturellement ses cheveux, pour finalement former plusieurs mèches, comme des tresses. On pense souvent aux dreadlocks des Rastas jamaïcains, mais la pratique s'est démocratisée et de très jolies coiffures existent aujourd'hui avec des possibilités diverses : dreadlocks plaquées, attachées, updo, etc.

Vous l'avez compris, les possibilités de coiffure qui s'offrent à nous sont infinies ! Choisir quels tutoriels vous présenter n'a pas été facile. Pas du tout même ! L'idée a donc été de vous proposer des coiffures à plusieurs niveaux de difficulté, mais aussi adaptées à différentes situations : vie quotidienne, mariage, rendez-vous professionnel, soirée, etc.

Allez, j'arrête le buzz, tournez vite la page!

Difficulté :

Réalisation :
5 min

Afro puff

Cette coiffure est ma préférée et également ma signature. Tout mon entourage me connaît sous mon Afro puff. C'est donc sans aucune hésitation que je vous la propose en tout premier lieu !

1. Pour commencer, munissez-vous d'un grand élastique - type élastique serre-tête - que l'on trouve souvent dans les magasins d'accessoires. Si vous pouvez en trouver sans embout métallique, ce sera d'autant mieux. Si vous le souhaitez, vous pouvez également couper l'embout métallique et utiliser l'élastique comme fil pour attacher vos cheveux.

2. Pour créer votre puff, il vous suffit de commencer à serrer (sans trop forcer) l'élastique sur votre tête en faisant remonter votre masse de cheveux à l'endroit où vous le souhaitez. Choisissez plutôt le sommet de votre tête pour créer ce joli effet de masse ou un effet ananas très mignon.

2

3. Une fois vos cheveux à la bonne position, effectuez un deuxième tour avec votre élastique pour serrer et sécuriser la coiffure ou nouez l'élastique en cachant les bouts qui dépassent dans vos cheveux, si vous l'utilisez sous forme de fil.

3

Difficulté :

Réalisation : 10-15 min

Couronne tressée

J'aime particulièrement réaliser cette coiffure les jours où mes cheveux sont détendus et que les boucles ne me permettent pas de réaliser un joli afro. Je me coiffe également ainsi lorsque je souhaite porter une coiffure qui fait à la fois professionnel et mignon. Ce tutoriel est très rapide et vous donnera une allure très chic en un rien de temps.

1. Commencez par disperser vos cheveux depuis le centre de la tête vers l'extérieur. Je n'ai jamais été très douée en métaphore, mais imaginez-vous cela comme un parapluie de cheveux.

1

2. Pour créer cette couronne, il faut ensuite réaliser une tresse couchée à deux mèches, tout autour de votre tête. Pour cela, commencez par le devant de votre tête. J'aime pour ma part commencer par la partie où j'ai l'habitude de créer ma raie. Je prends deux mèches suffisamment proches de mon front et crée une première croix : une mèche doit tomber sur votre front et une autre reste dans vos cheveux.

2

3. Ne lâchez jamais les mèches : épaississez simplement la mèche qui tombe sur votre visage de quelques cheveux supplémentaires et continuez à créer des croix avec vos deux mèches. Plus vous avancez, plus vous verrez le twist se former.

3

4. Continuez sur l'ensemble de votre tête et finissez avec un twist unique que vous allez cacher en refermant votre couronne et en la sécurisant avec une pince.

Astuce

Pour un effet coiffé/décoiffé qui donnera un peu de caractère à la coiffure, vous pouvez faire sortir quelques mèches.

Difficulté : / / /

Réalisation :
30-35 min

Grosse tresse africaine façon Elsa

Qui ne connaît pas Elsa, la célébrissime reine des neiges ? Allez, avouez-le, on rêve toutes d'être une princesse Disney, non ? C'est une coiffure qui peut sembler difficile lorsqu'on la réalise pour la première fois, mais avec la pratique, cela deviendra un véritable jeu d'enfant.

1. Séparez vos cheveux en quatre sections : la première va d'une tempe à l'autre en passant par le sommet de la tête. Ce sera la petite houppette. Réalisez ensuite sur chaque quart restant 3 queues-de-cheval égales.

1

2. Pour la houppette, séparez la mèche en trois : une partie de chaque côté et une au centre.

2

3. Prenez la partie centrale et repliez-la sur elle-même avec votre main pour créer l'effet gonflé de la houppette. Sécurisez-la avec des pinces (type Bobby Pins) et recouvrez-la avec les deux parties restantes. Veillez à bien lisser vos cheveux sur le côté et à sécuriser le tout avec une pince au centre de votre tête.

3

4. Il est temps de réaliser la grosse tresse, à l'aide de rajouts que vous pouvez vous procurer dans les magasins de coiffure spécialisés.

5

5. Sortez les extensions du paquet, sans défaire l'élastique de sécurité afin d'avoir une mèche homogène. Attachez la partie sécurisée entre votre 1re et 2e couette à l'aide de deux ou trois pinces.

6. Tressez vos cheveux en incorporant dès la première couette les extensions. Attachez le bout avec un élastique.

Astuce

Vous pouvez ensuite détendre la tresse pour un effet « coiffé/décoiffé ».

Difficulté : / /

Réalisation : 25-30 min

Updo pour un mariage

Avant de me lancer dans les coiffures, les Updo me semblaient être une science nébuleuse nécessitant des pouvoirs magiques. Mais lorsqu'on décortique la technique, cela reste très simple et même assez rapide à réaliser.

1. Séparez vos cheveux en deux sections : la première va d'une tempe à l'autre, en passant par le sommet de votre tête, et la seconde rassemble les cheveux à l'arrière de votre tête.

2. Commençez par attacher les cheveux qui se trouvent à l'arrière. Rabattez l'ensemble de la chevelure vers un sens, gauche ou droite, et sécurisez le tout en créant une rangée verticale de pinces.

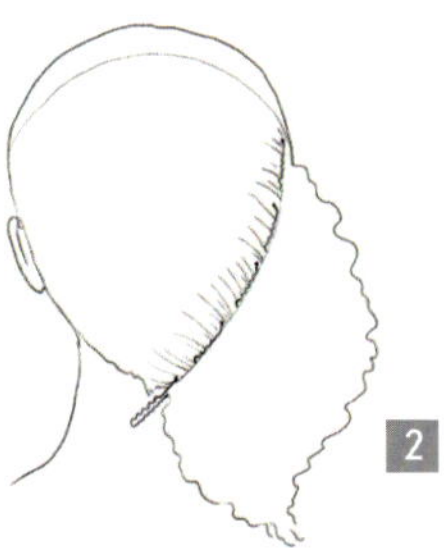

3. Rabattez l'ensemble des cheveux dans le sens inverse – vers le sommet de votre tête – tout en enroulant les cheveux sur eux-mêmes afin de créer une banane. Sécurisez avec une pince et réalisez un twist avec les cheveux qui dépassent.

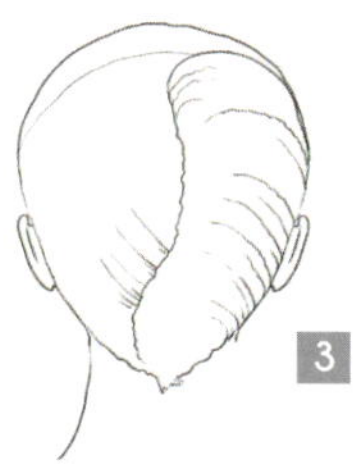

4. Reprenez la première section de cheveux et réaliser plusieurs twists, sur un côté de votre visage uniquement. Sectionnez la partie où vous ne souhaitez pas avoir de twists (à droite ou à gauche) et réalisez des twists couchés allant vers le sommet de votre tête, tout en réalisant la même technique de tressage que dans le tutoriel de la couronne tressée (p. 42-43).

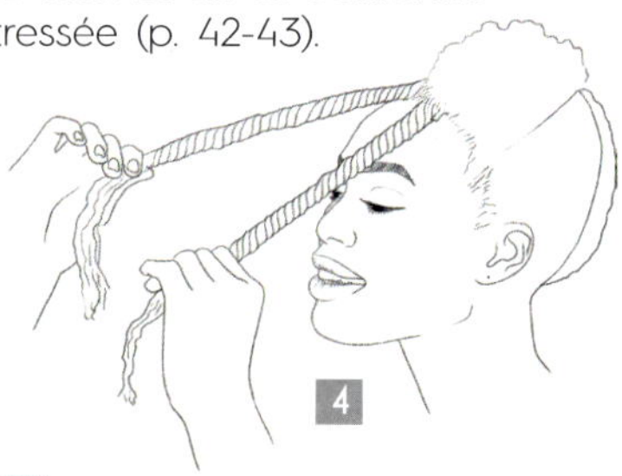

5. Sur le reste des cheveux, réalisez plusieurs autres twists selon vos envies. Ensuite, attachez-les avec des pinces en créant une frange de twists, qui donnera un effet très sophistiqué.

Astuce

Vous pouvez ajouter quelques fleurs ou perles dans vos cheveux, notamment si vous vous rendez à un mariage. Effet romantique garanti !

En nous coiffant, nous oublions parfois un détail de taille : les accessoires. Pinces, barrettes, serre-têtes, ou élastiques peuvent ainsi habiller notre chevelure. Mon accessoire préféré reste le foulard : il permet de créer des coiffures originales mais simples, et qui nous rapprochent de notre culture. C'est d'autant plus fun avec un foulard traditionnel plutôt épais qui vous donne un look d'« african queen » ! Ce que j'aime le plus, c'est qu'en fonction des motifs des foulards, de leur texture, de sa taille (90 x 90 cm conseillé), et de la façon de les nouer, on parvient toujours à un résultat différent. Pour celles qui sont embêtées avec leurs cheveux, voici ma solution miracle : quatre déclinaisons autour d'un foulard, ultra-simples à réaliser.

Le turban

1. Pliez votre foulard en deux pour former un triangle et placez votre foulard à l'arrière de votre tête, de manière à ce que la pointe de la forme triangulaire obtenue tombe sur votre visage.

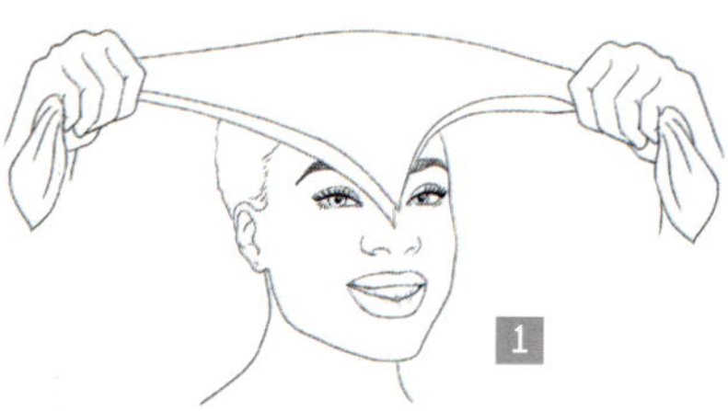

2. Prenez les deux branches restantes à l'arrière de votre tête et nouez-les vers l'avant, par-dessus le bout tombant sur votre visage.

3. Effectuez un premier nœud qui vous permettra de serrer votre attaché et de bien positionner le foulard sur votre tête. Rabattez le bout de tissu sur le nœud que vous venez de former et continuez à effectuer plusieurs nœuds jusqu'à ne plus pouvoir en faire du tout. Vous pouvez maintenant enrouler les nœuds sur eux-mêmes et faire entrer certains bouts inutiles de tissu à l'intérieur du turban que vous venez de créer.

Le nœud

1. Pliez votre foulard en deux pour former un triangle et repliez la pointe vers l'intérieur pour créer une longue bande.

2. Placez la bande sur votre front et réalisez un premier tour sur votre tête.

3. Une fois revenue au milieu, effectuez deux nœuds, soit au milieu de votre tête, soit légèrement en décalé sur le côté. Rentrez la pointe de chaque bout de tissu restant à l'intérieur du nœud que vous venez de réaliser pour finaliser votre coiffure.

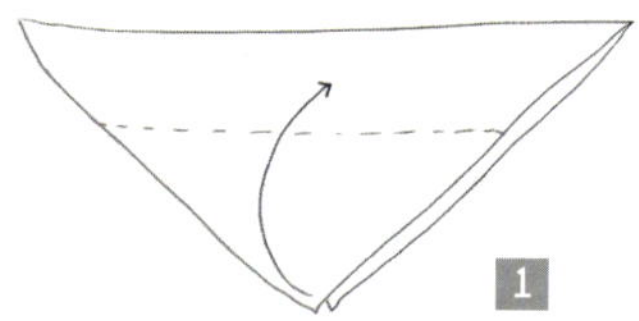

1

2

3

Le turban Puff

1. Sur la même base que le foulard plié en bande vu précédemment, vous allez cette fois-ci placer votre foulard à l'arrière de votre tête.

2. Faites revenir les deux branches du foulard vers le centre de votre visage afin d'effectuer plusieurs nœuds.

3. Ensuite, repliez les parties qui dépassent sur elles-mêmes pour les coincer à l'intérieur de l'attaché du foulard. Et voilà, le tour est joué !

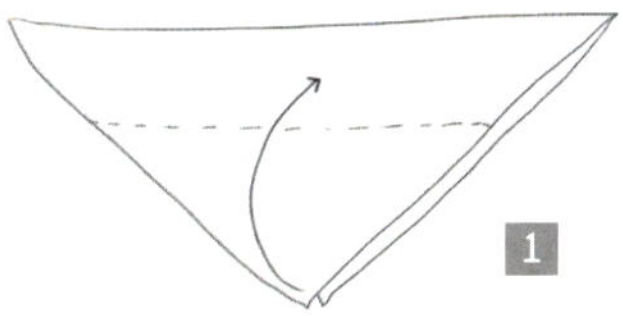

Le wrap

Pour cette technique, vous aurez besoin d'au minimum 4 foulards, pour réaliser un wrap suffisamment épais et joli. Pensez également que votre dernier foulard doit être le plus grand afin de pouvoir recouvrir non seulement toutes les couches précédentes, mais aussi l'ensemble de votre tête.

1. Commencez par enrouler successivement vos 3 foulards sur votre tête afin de créer la base de votre wrap. À chaque tour, celui-ci devrait gagner plus en épaisseur mais aussi en hauteur.

1

2. Une fois que vous avez terminé de créer votre « masse », vous pouvez commencer à poser votre grand foulard pour habiller et finaliser votre wrap. Pour cela, deux options s'offrent à vous.

Option 1

3. Continuez sur le même principe qu'avec vos 3 premiers foulards, c'est-à-dire qu'il vous faut enrouler le tissu sur votre tête jusqu'à ce que vous n'ayez plus de matière dans la main. N'oubliez pas de serrer plus pour cette partie, de façon à ce que la base de votre wrap soit bien collée à votre tête. Cela donnera l'effet d'un attaché serré qui se détend au fur et à mesure qu'il prend de la hauteur.

3

Option 2

4. Pliez votre foulard en deux pour créer un triangle. Placez le tissu sur votre tête de la même manière que vous l'auriez fait pour l'attaché d'un turban. La seule différence ici est que le tissu sera plus grand et qu'il vous permettra de réaliser plusieurs tours avant d'attacher votre foulard et de finaliser votre wrap. Là encore, n'oubliez pas de serrer plus la base de votre wrap !

4

Mise en beauté

Le maquillage du teint

Trouver la bonne teinte de fond de teint

Lorsqu'on se maquille, il est essentiel d'avoir une bonne base. Notre visage est comme la toile vierge d'un peintre : il doit être propre et soigné. Au début de ce livre, nous nous sommes concentrées sur les soins. Il est temps de passer à une autre difficulté : le choix du fond de teint.

Il faut tenir compte de certains critères :

- le teint doit être corrigé en camouflant taches, cicatrices et cernes.
- Il doit être unifié.
- Les parties grasses du visage doivent être matifiées tout en gardant un rendu lumineux.
- La peau doit être hydratée.

S'il est déjà difficile de trouver un produit qui réponde à tous ces critères, trouver celui à sa teinte est encore un autre défi. Ainsi, d'après mes recherches, il existe environ 10 teintes de carnation différentes pour les peaux claires contre 39 teintes pour les peaux foncées !

N'ayez pas peur, il existe quelques petits conseils pratiques qui vont nous aider.

Mes conseils

La texture :

En fonction de votre type de peau (sèche, grasse, ou mixte), il vous faudra choisir un fond de teint adapté : fluide, mousse, crème, ou encore une poudre compacte. On conseille généralement aux peaux sèches de choisir plutôt un fond de teint fluide qui sera léger et hydratant ; pour les peaux grasses, il sera préférable d'aller vers un fond de teint sous forme de poudre compacte sans huiles afin de garder un teint matifié. Ce choix a donc une réelle incidence sur le rendu de votre maquillage. Pour vous simplifier les choses, et pour celles qui ne sont pas sûres à 100 % de leur type de peau, je vous propose d'opter pour un fond de teint fluide et hydratant à la fois. Cela va vous permettre d'atteindre plusieurs objectifs en même temps : l'hydratation de votre peau, essentielle quel que soit votre type de peau, mais aussi l'unification du teint. Rien ne vous empêche d'appliquer une deuxième (voire une troisième) couche pour davantage de couvrance. On fixe enfin le produit avec une poudre matifiante, de préférence translucide, sur les parties qui ont tendance à briller au cours de la journée. Cette étape peut néanmoins être sautée pour les personnes ayant la peau sèche ou estimant pouvoir s'en passer.

Connaître sa sous-teinte :

Il faut savoir qu'une des clés de la réussite du maquillage de son teint est de connaître sa sous-teinte de carnation. Elle est inscrite profondément dans notre peau et, contrairement à la couleur de la peau de notre épiderme, elle ne change jamais. Pour les peaux foncées, il en existe 3 principales (qui ont elles-mêmes de légères déclinaisons) : orange/jaune, rouge ou bleu. Les fonds de teint conçus pour les peaux foncées doivent être très pigmentés et avoir peu de sous-teintes jaune ou beige, car ces dernières ont tendance à griser le teint. Pour connaître sa sous-teinte, il existe une astuce : à vos bijoux ! Si c'est l'or qui vous va le mieux au teint, vous avez une sous-teinte chaude et vous devez donc plutôt favoriser les fonds de teint contenant des pigments jaune or, orange ou rouge. Si, au contraire, c'est l'argent qui vous met le plus en valeur, votre sous-teinte est froide et les produits proposant des pigments bleutés vous iront mieux.

Tester le produit :

Nous sommes maintenant en théorie équipées pour choisir notre fond de teint, mais en pratique c'est encore autre chose. Combien de fois me suis-je retrouvée en magasin devant plusieurs teintes de fond de teint sans savoir lequel choisir ? Il n'y a rien de mieux que

de tester le produit sur un visage propre et non maquillé pour juger correctement le rendu et rentabiliser au mieux cet investissement. En effet, les meilleurs produits proviennent la plupart du temps de marques de luxe ou spécialisées et coûtent souvent plutôt cher. Il convient idéalement de sélectionner 3 teintes qui vous semblent correspondre à votre carnation et de faire des tests sur votre visage en l'appliquant entre votre mâchoire et votre joue. La teinte doit correspondre à la carnation de cette zone précise du visage mais aussi à celle du cou, afin que cela se fonde bien ensemble et éviter l'effet masque. Si vous le pouvez, demandez des échantillons pour réitérer le test chez vous et voir le rendu à la lumière du jour. Si ce n'est pas possible, appliquez la teinte que vous souhaitez tester en magasin, et laissez passer quelques heures. Vous pourrez ainsi vérifier si le rendu du fond de teint est naturel, et si, après quelques heures, les pigments contenus s'adaptent réellement à votre sous-teinte. Soit le produit ne tient pas (trop gras pour une peau grasse, par exemple) soit votre teint finit par griser, soit rien ne bouge et vous avez gagné ! Si vous avez un doute entre deux teintes, optez toujours pour la teinte plus claire : vous pourrez ensuite la moduler lors des prochaines étapes du maquillage de votre teint.

Comment maquiller son teint

Lorsque vous décidez de maquiller votre teint, faites-moi plaisir, prenez votre temps. N'allez pas d'étape en étape sans avoir bien travaillé et fait fondre les produits à votre teint. C'est ce qui vous permettra de recevoir des compliments comme « Tu as l'air radieuse aujourd'hui ! » ou « J'adore ton maquillage ! ».

1. Commencez par appliquer un anti-cernes d'une ou deux teintes plus claires que votre carnation, en formant un « V » pour réveiller le regard et illuminer le centre de votre visage.

2. Appliquez une fine couche de poudre par-dessus l'anti-cernes pour fixer le produit afin d'éviter que celui-ci ne file dans les plis et ne finisse par former des rides disgracieuses.

3. Appliquez sur le reste de votre visage votre fond de teint fièrement acquis et, pour une bonne tenue, poudrez sur la zone T uniquement ou sur l'ensemble de votre visage en fonction de vos besoins.

4. Apportez un peu de couleur pour vous donner bonne mine en ajoutant un peu de blush sur les pommettes.

Pour les carnations aux sous-teintes chaudes, je vous suggère des blush prune, orange ou rose foncé avec une touche irisée ou dorée. Pour les carnations aux sous-teintes froides, je vous conseille plutôt des blush vieux rose, violet ou simplement un enlumineur de teint rose gold clair ou argenté.

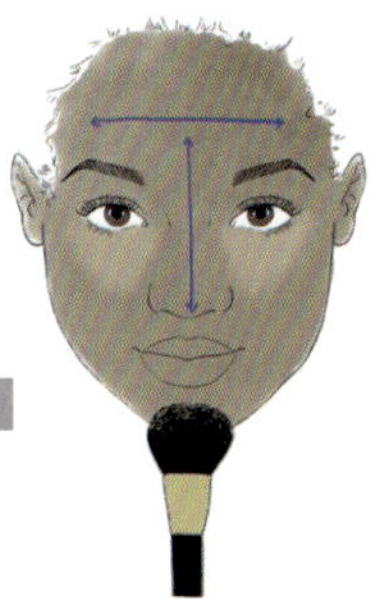

3

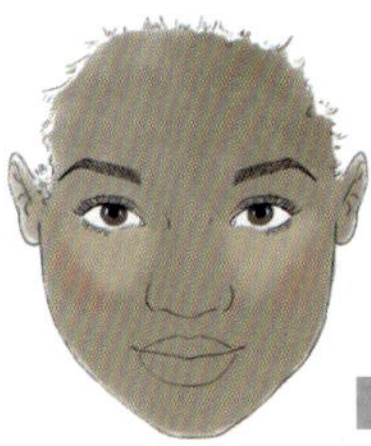

4

Si vous souhaitez apporter davantage de définition à votre visage, il est possible de faire usage de deux techniques : le contouring et le highlighting.

5. Le contouring consiste à se servir de produits (poudre ou crème) de quelques teintes plus foncées que notre carnation pour créer des ombres et sculpter ainsi le visage. Vous allez être surprise de toutes les possibilités qui existent pour obtenir un front plus petit, un nez plus allongé, affiner sa mâchoire, et j'en passe. La technique la plus courante consiste à creuser légèrement les joues pour mettre en valeur les pommettes. Pour cela, appliquez la matière au niveau de vos tempes entre le début de votre mâchoire et votre pommette. Avec un pinceau contouring, étirez la matière vers le centre du visage. La ligne doit se dégrader de la tempe jusqu'au centre du visage pour arriver à un effet fondu. À l'aide d'une éponge à maquillage, vous pouvez ensuite estomper les lignes trop voyantes afin d'obtenir un rendu le plus naturel possible.

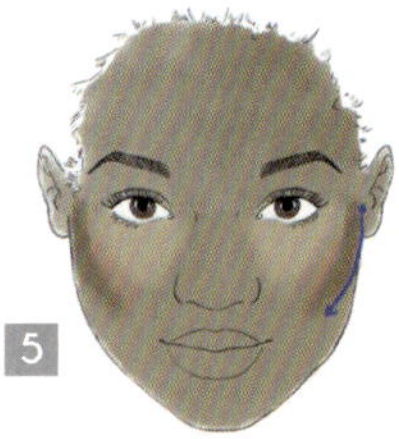

5

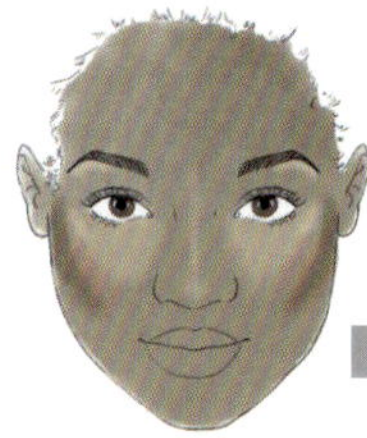

6

6. Le highlighting consiste à mettre en lumière toutes les zones bombées du visage. Vous pouvez utiliser un enlumineur en poudre ou liquide, mais je vous conseille d'utiliser la poudre qui est plus simple à travailler. Commencez par le dessous de votre arcade sourcilière où vous pouvez appliquer l'enlumineur au doigt pour rehausser les sourcils et agrandir votre œil.
C'est très pratique lorsque vous avez de petites paupières. Ajoutez-en sur l'arête du nez et un peu au centre de votre nez. Enfin, sur le haut de la pommette, juste au-dessus du blush et en allant vers les tempes. Cela va vous donner ce fameux teint « glowy » : frais, lumineux mais pas gras.

Difficulté :

Réalisation :
10-15 min

Mon visage en mieux

Avec ce maquillage, le but est d'embellir votre peau tout en mettant en valeur les traits naturels de votre visage. L'idéal est de vous sublimer tout en restant discrète sur le maquillage !

Le teint

1. Reprenez les étapes de maquillage de teint décrites plus haut (p.56-57).

2. Pour l'application du fond de teint, vous pouvez utiliser vos doigts : ils vont chauffer la texture et créer un joli fondu. Il existe toutefois de nombreux pinceaux et outils pour une application moins salissante. Je vous conseille dans ce cas soit un pinceau à poils courts très denses, soit une éponge de maquillage préalablement humidifiée.

3. Pour l'application de votre anti-cernes vous pouvez opter pour un petit pinceau estompeur ou pour une éponge à maquillage.

Les sourcils

4. Le regard est un peu notre carte de visite et les sourcils en sont la clé de voûte. C'est ce qu'on voit en premier chez une personne et c'est la raison pour laquelle après le teint, le maquillage des sourcils et des yeux est une étape primordiale. Pour apporter un peu de structure à vos sourcils, rien de plus simple que d'en retracer le contour naturel, à l'aide d'un crayon marron foncé, ou d'un fard d'une teinte similaire et un fin pinceau biseauté. Souvent, nos sourcils ne sont pas uniformément fournis et il convient de combler la forme et la densité des poils. Pour cela, prenez vos yeux et les ailes du nez comme repères pour savoir où commence et se termine votre sourcil.

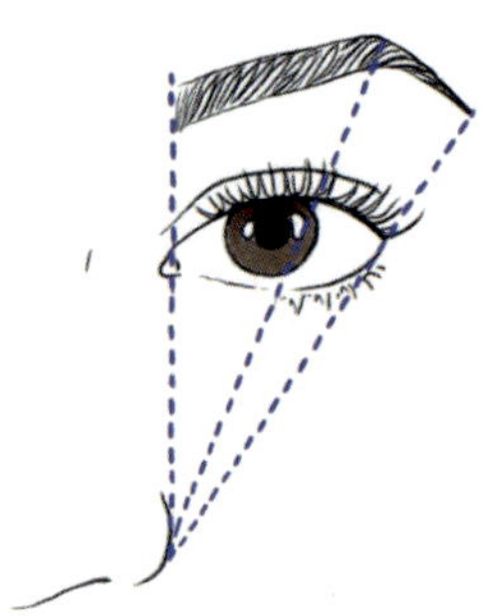

La tête du sourcil se situe dans le prolongement de la diagonale aile du nez et coin interne de l'œil. Le sommet du sourcil se situe dans le prolongement aile du nez-pupille. La queue du sourcil se situe dans le prolongement aile du nez et coin externe de l'œil.

Travaillez en ayant la main légère. Il est préférable de commencer par quelques traits de crayon, puis de les intensifier jusqu'à l'obtention du rendu souhaité. Fixez le tout avec un gel incolore au besoin.

Les yeux

Pour nos yeux, nous allons apporter un peu de dimension avec la petite technique des 3 fards qui consiste à utiliser 3 teintes proches de notre carnation. Ici, j'utilise un marron tirant vers le rouge-violet, un marron proche de la carnation la plus foncée de mon visage, et enfin un marron encore plus foncé.

5. À l'aide d'un pinceau mélangeur à poils longs et « fluffy », nous allons appliquer les fards du plus clair au plus foncé. Le fard clair est posé sur l'ensemble de notre paupière mobile en dépassant légèrement pour faire fondre votre base de fard avec votre teint.

5

6. Le fard intermédiaire va sur le bombé de la paupière jusqu'au coin externe. Répétez cette étape en vous concentrant cette fois sur le creux de vos yeux.

6

7. Le dernier fard (foncé) est appliqué sur le coin externe de la paupière, en formant un V qui part du coin externe jusqu'au creux de paupière, tout en remontant légèrement sur la paupière mobile. C'est ce qui va intensifier le maquillage et lui donner un effet smoky naturel.

7

8. On utilise également le dernier fard sur le ras-de-cils inférieur pour prolonger le maquillage et donner un petit effet charbonneux au regard.

8

9. Tracez ensuite un petit trait de liner en suivant la ligne de notre muqueuse supérieure sans trop l'étirer. Évitez de tracer votre trait d'un coup, mais effectuez plutôt plusieurs traits qui se rejoignent pour former le trait que vous souhaitez. On termine avec les cils qui sont allongés et épaissis avec votre mascara tout en éveillant le regard.

9

La bouche

10. Pour mettre votre bouche en valeur, il n'y a rien de mieux que le crayon à lèvres qui met en relief le contour naturel de nos lèvres.

10

11. Finalisez avec un rouge à lèvres avec un effet nude et satiné. Pour ce tutoriel, j'ai opté pour une bouche nude orangé. Vous pouvez aussi vous orienter vers un nude pêche ou rosé qui va bien aux peaux foncées aux sous-teintes chaudes plutôt que le nude beige qui convient mieux aux peaux foncées aux sous-teintes froides.

11

Difficulté : ///

Réalisation : 40-45 min

Peacock eyes

Ce joli maquillage des yeux est parfait pour les belles journées d'été ou pour un événement où il vous faudra être plus sophistiquée qu'à votre habitude. Vous allez, avec un seul regard, en attirer une multitude !

Les yeux

1. Pour que votre maquillage tienne et que les couleurs ressortent, commencez par appliquer une base (type crayon jumbo blanc) sur l'ensemble de votre paupière mobile, en dépassant un peu vers l'extérieur.

2. Sur le premier tiers de la paupière mobile, nous allons déposer un vert vibrant à l'aide d'un petit pinceau plat à poils courts.

3. Sur le deuxième tiers de la paupière mobile, appliquez de la même manière un fard orangé avec un autre pinceau plats à poils courts.

4. Enfin, répétez la même procédure avec un fard fuschia en étirant cette fois la matière vers l'extérieur pour allonger l'œil.

5. Une fois ces trois blocs de couleur déposés, créez les dégradés à l'aide de pinceaux estompeurs, un pour chaque couleur. Commencez avec le vert : reprenez du fard et appliquez-en à nouveau sur le premier tiers de la paupière en débordant sur le deuxième tiers, là où il y a le fard orangé. Effectuez des mouvements légers et uniquement vers l'extérieur de l'œil.
Prenez votre pinceau estompeur prévu pour la couleur orangée et, avec un peu de matière, ramenez légèrement de la couleur vers le vert en effectuant des mouvements qui vont en direction de l'intérieur de l'œil.
Avec votre pinceau à fard vert, faites l'inverse. On se concentre ici uniquement sur la frontière entre les deux couleurs. Veillez à ne pas trop dépasser sur la partie où votre couleur est déjà vive et gardez la main légère. Votre dégradé va commencer à se créer. Répétez les mêmes opérations avec les fards orangé et fuschia.

6. Nettoyez le contour du maquillage à l'aide d'un pinceau estompeur propre. Floutez le contour à la limite des parties maquillées et nues de la paupière.

7. Au coin externe de la paupière, avec le même pinceau estompeur que l'étape précédente, intensifiez le regard en apportant une touche de violet au fuschia.

7

8. À l'aide d'un petit pinceau précision, apportez une touche de fuschia mélangée au violet sur les deux tiers externes du ras-de-cils inférieur. Soulignez la muqueuse sur les deux mêmes tiers, avec un crayon bleu vibrant.

9. Enfin, avec un dernier pinceau précision, illuminez le regard avec un fard jaune (de préférence irisé) au coin interne, en dépassant subtilement sur le vert, pour créer une sorte de prolongation du maquillage. On applique le fard jaune sur le ras-de-cils inférieur non maquillé.

9

10. Il est temps de finaliser le maquillage avec un trait d'eye-liner peu épais. Un peu de mascara sur les cils supérieurs et inférieurs, des faux-cils si vous le souhaitez et voilà le travail !

Les faux-cils

Vous pouvez ajouter des faux-cils de deux manières.

Avec des faux-cils individuels :
Appliquez une boule de colle à faux-cils sur le dos de votre main et à l'aide d'une pince à épiler, trempez le bout du cil dans la colle. Attendez quelques secondes jusqu'à ce que la colle devienne légèrement transparente et appliquez les faux-cils un à un sur la frange de vos cils en partant de l'extérieur vers le coin interne.

Avec des bandes de faux-cils :
Appliquez une fine ligne de colle directement sur la bande à la racine de vos faux cils. Attendez quelques secondes jusqu'à ce que la colle sèche. Commencez d'abord par placer le centre de votre bande au milieu de votre œil pour bien la positionner. Une fois le bon angle trouvé, collez le coin externe en suivant la ligne entre votre paupière mobile et votre muqueuse supérieure en partant du coin interne de votre œil. Je vous conseille d'être patiente et de travailler avec autant de précision possible.

Les lèvres

Tout dépend à quel point vous êtes confiante avec votre maquillage. Si vous êtes d'humeur festive, aventureuse et colorée, n'hésitez pas à porter également du fuchsia sur les lèvres. C'est la couleur qui va être la plus harmonieuse à porter avec le maquillage des yeux que vous venez de réaliser. Si vous voulez vous réserver un peu de discrétion, vous pouvez appliquer sur les lèvres une légère touche d'orange, à l'aide d'un rouge à lèvres hydratant peu pigmenté ou d'un gloss.
Le nude est bien entendu le bienvenu ici aussi.

Difficulté :

Réalisation :
25-30 min

Date night

Quel maquillage pour un rendez-vous ? Auprès de mon entourage masculin, il s'avère que les hommes préfèrent les filles plutôt naturelles. Nous allons donc conjuguer le naturel avec notre amour sans borne pour le make-up ! Il s'agit ici de partir sur les bases du maquillage naturel quotidien tout en mettant l'accent sur les yeux.

Les yeux

1. Appliquez au pinceau mélangeur un fard marron semblable à votre teinte de peau naturelle sur l'ensemble de votre paupière. Pour ce fard, choisissez une couleur avec une pointe de prune/rouge.

1

2. Par-dessus, avec le même pinceau, ajoutez un fard violet foncé uniquement du coin externe de votre paupière vers le centre de votre paupière mobile.

2

3. À l'aide d'un pinceau plat à poils courts, appliquez un fard rose partant du coin interne et allant jusqu'au centre de votre paupière mobile.

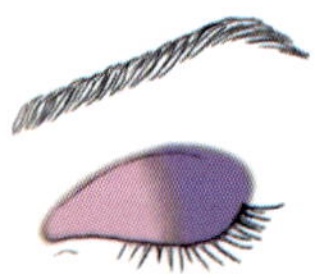

3

4. Prenez ensuite un fard irisé d'une couleur vieux rose que vous allez appliquer par touches légères sur la même partie où vous venez de déposer le fard rose.

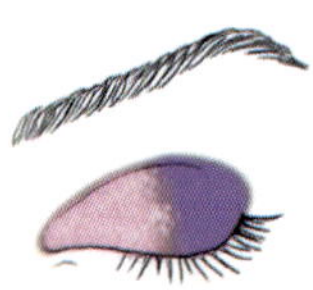

4

5. Floutez la transition au centre de votre paupière mobile avec une touche de fard irisé. Étendez le maquillage des yeux en appliquant votre fard violet foncé sur votre ras-de-cils inférieur avec un petit pinceau précision.

5

6. Définissez vos yeux avec un eye-liner liquide ou gel avant d'appliquer votre mascara à la fois sur vos cils supérieurs et inférieurs.

6

Astuce

Pour être encore plus glamour, vous pouvez aujouter des faux-cils !

La bouche

On va privilégier ici un maquillage des lèvres nude afin de les mettre en valeur tout en évitant d'éventuels petits accidents comme le transfert de rouge à lèvres !

7. Tracez le contour des lèvres à l'aide d'un crayon marron pour définir votre bouche et marquer la transition entre votre teint et la couleur claire que vous allez apporter à vos lèvres.

7

8. Choisissez un rouge à lèvres nude qui tire vers le rose et appliquez-le sans dépasser du contour. Sur le centre, ajoutez une touche de brillance à l'aide d'un gloss de la même teinte.

8

Difficulté :

Réalisation : 35-40 min

Dancefloor Queen

Généralement, il est conseillé de concentrer son maquillage soit sur les yeux, soit sur la bouche. Or les maquillages de soirée font partie de ces exceptions où tout est permis ! Vous allez adorer ce dernier tutoriel.

Les yeux

1. Pour que votre maquillage tienne et que les couleurs sombres de vos fards ressortent bien, commencez par appliquer une base (type crayon jumbo noir) sur l'ensemble de votre paupière mobile.

2. Commencez à créer la transition en appliquant un fard prune sur la partie supérieure de votre paupière mobile et dans le creux à l'aide d'un pinceau estompeur. Utilisez le même fard sur le ras-de-cils inférieur pour un maquillage bien homogène.

2a

2b

3. Avec un pinceau plat à poils courts, appliquez par petites pressions le fard noir sur la paupière mobile. Appliquez-le autant de fois que nécessaire, jusqu'à obtenir l'intensité que vous recherchez.

4. Avec un petit pinceau précision, appliquez le même fard noir sur le ras-de-cils inférieur, légèrement par-dessus le fard prune appliqué précédemment.

4

5. Il est temps de donner un coup de propre au maquillage et de bien fondre le fard noir. Pour cela, il suffit de se munir d'un pinceau estompeur, et avec une main légère, de flouter les contours entre les fards prune et noir sur la paupière supérieure. Au coin externe de la paupière, étirez la matière pour allonger le maquillage.

6. Sur le tiers intérieur du ras-de-cils inférieur, agrandissez le regard en appliquant un fard chair irisé avec un autre pinceau précision. Finalisez ce maquillage avec un trait de liner sans trop l'étirer pour ne pas voler la vedette au smoky, puis appliquez du mascara. Au besoin, ajoutez des faux-cils pour un effet encore plus grandiose !

6

Le teint

Toujours sur la même base du maquillage du teint, vous allez apporter davantage de définition au visage, avec un peu de contouring et d'enlumineur.

7. Creusez légèrement vos joues avec un fard plus foncé, estompez, puis ajoutez un joli blush de la couleur de votre choix.

8. Passez à l'enlumineur pour continuer à mettre le reste de notre visage en valeur.

9. On finalise le teint en poudrant légèrement l'ensemble de notre visage pour bien faire fondre le tout , pour un rendu le plus naturel possible.

7 8 9

Les lèvres

10. Rappelez la couleur prune que vous avez appliquée sur les yeux avec un crayon contour des lèvres quasiment de la même teinte. Plus il sera foncé, plus il vous donnera un air de femme fatale.

11. Finalisez avec un rouge à lèvres de la même teinte ou un peu plus clair. Celui utilisé sur la photo possède un rendu métallisé ce qui rappelle le coin interne irisé de l'œil. Mais vous pouvez très bien rappeler la matité du fard noir de la paupière en appliquant un rouge à lèvres mat. Amusez-vous !

INDEX

TABLE DES DIY

Remerciements

Sans même grande réflexion : ma mère, Maman Coco, qui m'encourage chaque seconde à m'épanouir et à poursuivre mes rêves. Mais aussi ma famille sans laquelle je ne tiens pas sur mes jambes.

Ma communauté de Coco d'amour, ainsi que mes consœurs youtubeuses et blogueuses sans lesquelles cette aventure serait bien triste. Vous êtes le moteur de ma motivation et me poussez à toujours me dépasser pour vous.

Enfin et non pour le moindre, Caroline, mon éditrice, sans qui ce livre ne serait pas entre vos mains.

Achevé d'imprimer en juillet 2016 par Cayfosa en Espagne
Dépôt légal : août 2016
Nuart : 82-2334-0
ISBN : 978-2-01-396490-6

L'éditeur utilise des papiers composés de fibres naturelles renouvelables, recyclables et fabriquées à partir de bois issu de forêts qui adoptent un système d'aménagement durable. L'éditeur attend également de ses fournisseurs de papier qu'ils s'inscrivent dans une démarche de certification environementale reconnue.

PAPIER À BASE DE FIBRES CERTIFIÉES

hachette s'engage pour l'environnement en réduisant l'empreinte carbone de ses livres. Celle de cet exemplaire est de : 0,488 g éq. CO_2 Rendez-vous sur www.hachette-durable.fr